U0096528

優雅台文與心經
兩種極致之美

蕭義崧／著

領悟的瞬間，靈光乍現，心中的快樂無可言喻！本書中的絕大部分篇章，都只是想把曾經讓我心中充滿喜悅的領悟記錄下來。

★本書內容摘句★

1. 「空虛無聊苦」是人生的大苦，也是摧殘身體健康的殺手。

2. 我們每一個人的心都有三種：意識、潛意識以及阿賴耶識。

3. 人是一種外表看似理性，其實內心充滿欲望的動物。

4. 不同的人有不同的智商。也會有不同的「德商」（道德商數）。

5. 「惻隱之心」就是來自於阿賴耶識的良心呼喚！

6. 人類最偉大的發明就是「民主」，因為民主政治使政權能夠和平轉移，免去了改朝換代時人民死傷成千成萬的戰禍。

7. 西方文明是一種科學文明，印度文明是一種哲學文明。

8. 掌握生命意義的哲學，是印度文明對人類的貢獻！

9. 中國的「先秦文明」是一個講「恥」的文明。

10. 兒童越早期學圍棋，智商的提升越大。

11. 心靈的快樂，除了詼諧和抒情之外還有一個更高的層次，就是「領悟」。

12. 一部詼諧、抒情、啟發性三者皆備的戲劇或電影往往特別吸引人。

13. 各種理論，有可能是「極深邏輯」，但絕不可能是「超邏輯」。

14. 科學態度使我們對於那些沒有經過科學驗證的說法不會去輕信。

15. 要了解一個人的水準和性格，到他的臉書去看一看就知道了。

16. 照相機拍攝出來的照片對照實景是很真實的，但毫無氣韻可言， 水墨畫對照實景，其真實度低，但卻有氣韻之美！

17. 在所有台灣日治時期 82 位作家之中，張文環的文學作品之美應居第一名！

18. 「望你早歸」這首歌曾讓演講者一面講一面飲泣，聽眾亦一面聽一面掉淚！

19. 耐聽是古典音樂的一個重要特徵，而流行歌曲流行過了就不再覺得動聽了。

20. 只是欣賞自然美景，而欠缺人文關懷的旅行，將不會有深刻的感動。

推薦序

邱全福　　　2018.01.18

　　十多年前在因緣際會之下，一群愛好閱讀的書友在蕭義崧老師的倡議下成立了「定慧讀書會」，每月聚會一次。而這個「定慧讀書會」竟能持續十年之久，主講人蕭老師雖是數理老師退休，但其學識涉獵甚廣，除數理、科學之外，舉凡文學、歷史、哲學、藝術等等都相當有見地，真可謂是學識淵博。在讀書會的聚會裡，除了他平日博覽群書的心得分享之外，也蒐集了甚多生活或時事的精彩資料與書友交流。

　　在三年前的某次聚會裡，蕭老師再次提到他憂心台語會因難以書寫而逐漸沒人使用，導致最後失傳。他曾經花費相當多的心力，潛心研究各種台語書寫法，目前的台語書寫法有「漢文書寫法」、「羅馬字書寫法」和「漢羅混用法」等三種；但其中的「漢文書寫法」，有許

多漢字卻在字典中找不到;「羅馬字書寫法」有轉音問題難以學習;「漢羅混用法」讓方塊字和蟹形字並列,非常難看,以致很少人願意使用。因此在書店中幾乎看不到用以上三種方法書寫的台語書籍。為了讓台語有一個簡單而優美的書寫方法,蕭老師苦心鑽研出「漢日混用法」,並曾發表在《教師會訊》中。

當時我除了一直都是定慧讀書會的成員之外,也恰巧擔任圖書館長一職,滿滿地感受到蕭老師對於發揚台語不使湮沒的苦心。於是我即表達樂意在鄉圖書館開辦「優雅台文讀書會」,請蕭老師來教大家使用「漢日混用法」書寫台語。蕭老師仍然秉持他對於讀書會一直以來的看法,認為讀書會必須是多元的、有趣的、知識性的為前提,「優雅台文讀書會」舉辦之後,每次的聚會都能讓書友有一種如吃佳餚的欣喜,而蕭老師善用有獎徵答的模式,也讓書友們慢慢地學會「漢日混用法」來書寫台語。這三年來,已有多位書友能運用「漢日混用法」來發表千字以上的台語文章,這樣的成

果真是讓人感到欣喜和雀躍！

　　我曾問蕭老師，為什麼讀書會的名稱叫做「優雅台文讀書會」？他說，因為用「漢日混用法」寫出來的台文，有使用到優美的平假名，看起來很優雅，因此稱為「優雅台文」。

　　「優雅台文」簡單易學，看起來又很優美，而且是目前台語各種書寫法當中，唯一能讓台語上網的方法。展望未來，真盼望**優雅台文**能推廣到台灣的每一個角落，這樣目前逐漸衰微的台語一定能夠振興起來。

自序

蕭義崧

只有美才會感動人，所以
我們力推優雅台文和心經。

　　會講台語的人數以千萬計，但台語卻難以
書寫，雖然表面上有「漢文書寫法」、「羅馬字
書寫法」和「漢羅混用法」三種方法可以用來
寫台語，只是這三種方法都有其難以使用的困
難處或者學習不易（理由請見本書〈**台語這樣
寫很優雅**〉一文）。只要去書店看一看就知道，
根本難以找到一本使用這三種方法中的任何一
種來書寫的台語書籍，這樣的窘狀足以說明，
沒有簡單易學的書寫台語的方法正是原因之
一，甚至是主要原因！

　　我們能任令這種窘狀繼續下去嗎？沒有台
語書籍來記錄台語，則台語必然會慢慢消失，
而如果沒有台語，台灣人也會跟著消失，這就

好像平埔語消失之後，平埔族就跟著消失一樣！

我一直在思索簡易可行的書寫台語的方法，終於想到電腦字庫中有日文字母，何不利用這些日文字母來拼音，表達某一些無法用漢字書寫的台語呢？這樣台語的書寫問題不就解決了嗎？而且**使用這個方法還可以讓台語 PO上網，包括臉書和 Line，當然更能儲存在光碟中**。能夠上網和儲存在光碟這兩個功能非常重要，然而上述的「漢文書寫法」、「羅馬字書寫法」以及「漢羅混用法」，通通都欠缺這兩種重要的功能，除非收發雙方都要下載特殊軟體。

這個利用日文字母來書寫台語的方法，因為有漢字也有日文字母，因此稱為「**漢日混用法**」。為了實驗這個方法是否可行，我成立了一個「優雅台文讀書會」，為什麼叫做「**優雅台文**」呢？是因為用「漢日混用法」寫出來的台文，有使用到具有草書之美的平假名，看起來很優雅。因此**使用「漢日混用法」寫出來的台文就稱為優雅台文**。

一開始我在讀書會出「台語有獎徵答」的題目，所有的題目都是用「漢日混用法」寫出來的台文，要求他們翻譯成華文。書友們都踴躍作答，這其實並不難，因為他們只要拿「**日文字母五十音表**」和「**日文字母特殊發音表**」來對照一下，就可以把題目中的台語唸出來。

　　經過一段時間之後，這兩個表他們都已經很熟了，接著我換另一種題目，我講幾段台語，每一段都錄音起來，放在讀書會的網頁上，向書友們有獎徵答，要求他們將聽到的台語用「漢日混用法」記錄下來。他們依然踴躍回答，當然這比台語翻成華語的題目困難，因為寫台語當然比讀台語不容易。一開始他們的答案有很多錯誤，但不久之後答題的正確率就漸漸提高了。

　　就這樣實驗了三年多，遇到拼不出的音就再修改「特殊發音表」，增加新的音素，以便能拼出音來。發展到現在「日文字母特殊發音表」已經很完備，能拼出所有台語的音。漢日混用法的「書寫規則」也不斷地在實驗中修正

和增加條文，到目前共有 10 條。

　　本書附有四篇使用「漢日混用法」書寫的文章（也就是「優雅台文」），其中三篇是書友寫的，她們都說使用「漢日混用法」來寫台語真容易！這三篇都附有華語譯文，方便想學優雅台文的讀者將台文和華文互相對照，來學會使用「漢日混用法」寫台語。另外一篇是我寫的，題目是〈生活中のペト步〉，就是華語「生活中的祕訣」之意。這一篇我故意不附華語譯文，要讓讀者利用「日文字母五十音表」和「日文字母特殊發音表」去「摸索」，自行把整篇文章的台語唸出來。

　　完成之後是有酬勞的喔！這個酬勞就是你會從這篇文章得到一些重要的祕訣！這些祕訣都是很有用的。首先你會得到「**如何讓牙齒終生保持健康的方法**」，也就是不會蛀牙和得牙周病！這個方法絕不是要你加強刷牙或洗牙等等老套。其次你會得到「**如何治好香港腳的方法**」，但不是要你去塗藥，而是免費又很有效的方法。

〈**孩子的母語越多種，智力發展越優越**〉一文，告訴我們一個很可歎的現象：**很多父母親在家中只和孩子講國語（華語）而不講台語或其他母語，使得現在的孩子大都只會一種語言——華語，孩子因而失去原本可以提高智商的機會，大大地影響孩子的前途，真是可歎！**

在我們的讀書會中，除了研究「優雅台文」之外，我們也談天文、地理、社會、歷史、哲學、心理、科學、文學、藝術等等，可說是無所不談，而重點是在於趣味性，在趣味中我們彼此都獲得很多寶貴的知識。

有一次，有部分書友希望我講解《心經》，《心經》是唐朝時玄奘大師冒著九死一生去印度取經，帶回來的佛經之一。玄奘翻譯的《心經》只有兩百多字，非常簡潔，讀起來有一種空靈之美。我在收集《心經》的資料時，才驚訝地發現各家對於《心經》的詮釋出入很大！雖然最終還是完成了六千多字的文章〈**天下第一奇文——心經**〉，但卻花費了大約半年的時間，其中的種種困難，以及為什麼**本書的《心**

經》白話翻譯最貼近《心經》原意，請參閱〈天下第一奇文──心經〉的「後記」。

心經最後一段說：「**能除一切苦，真實不虛。**」我很認同。我相信**如果能瞭解《心經》所說的道理，就能減輕人生中的許多苦痛。**但《心經》的原文是很艱深的文言文，了解不易，請讀者仔細將本書〈心經〉一文中的「**白話翻譯**」看一遍，相信如果能反覆多看幾次，再參看該文的註釋（尤其是註釋 16 和 20），一定會有所領悟，**領悟越深，越能減輕人生的種種苦痛。**

〈**叔本華哲學與佛學**〉和〈**我們的內心像大海**〉這兩篇，可以作為〈心經〉一文的補充。

西方哲學家**叔本華**直指生命的本質，認為人生是苦，闡述得極有見地。他的名言是：「**人生就像一個鐘擺，擺盪在痛苦和空虛無聊之間。**」他認為人生的本質是苦，是因為痛苦和空虛無聊都是苦，所以人生的苦是無法擺脫的。但是佛陀卻認為人生的苦可以滅除，「**四聖**

諦」中的「滅諦」就是在講苦的滅除。叔本華闡述人生的苦雖然說得很精闢，但卻不能引領人們走出一條脫苦的明路，佛陀的四聖諦也告訴我們人生是苦，但卻能指引出一條離苦之路。若說叔本華哲學是「山窮水盡疑無路」，則佛法是「柳暗花明又一村」！

〈我們的內心像大海〉在闡明：我們的內心比我們所知道的更複雜，除了意識之外還有「潛意識」，更有比潛意識還深的識，就是**阿賴耶識**。潛意識很接近佛教說的**「末那識」**，至於科學界對於「阿賴耶識」的了解則至今仍然一片空白。**佛洛伊德**曾說人的心中都有三個我：**本我、原我、超我**。其中「本我」類似第六識（意識），「原我」類似第七識（末那識），「超我」類似第八識（阿賴耶識）。

其餘 14 篇文章，題材極為廣泛，詩詞、文學、音樂、美術、圍棋、文化、心理、科學、邏輯、網路、旅行等等無所不談。看似彼此沒有關聯，但其實這些篇章有一個共同的特色，就是都有「美」在其中。這個世界上有各種各

樣的美；詩詞、文學、音樂、美術固然都很美，圍棋（第 8 篇）同樣也是一種美，**圍棋**戰略的構思，巧妙的布局，本身就是一種美。**邏輯**（第10 篇）也是一種美，在分析論證的過程中，辨別何者為真何者謬誤，這些犀利的思考很引人入勝，所以也是一種美。

第 7 篇談文明，提到各種文明都有很多令人津津樂道的事跡；例如猶太人在亡國兩千年之後，分散在世界各地的猶太人仍能講猶太語；日本文明中的武士，和敵人打仗只要戰敗就切腹自殺，視死如歸；先秦文明中出現的世界性思想家——孔子、老子、孫子等都有卓越的思想，種種這些令人景仰的事跡也是一種美！

第 9 篇認為一部電影、一齣戲劇或一本小說，**吸引人的關鍵在於詼諧、感性、啟發性三者都要具備。而心靈的快樂，除了詼諧和抒情之外，其實還有一個更高的層次，就是「領悟」**。領悟的瞬間，靈光乍現，心中的快樂無可言喻，是人生的極致之樂。整個領悟的過程也

是一種美的體驗。

第 11 篇提到科學之美。愛因斯坦對著德國科學院的院士演講，在黑板上寫出：

$$E = MC^2 \text{（能量＝質量 X 光速的平方）}$$

這個公式的畫面，是 20 世紀最令人驚嘆和美麗的科學風景！牛頓凝視地上的蘋果，思索蘋果為什麼會掉下來？同樣也是恆久感動人的美麗畫面！因為他苦思很久之後，終於發現了**萬有引力定律**。

第 12 篇認為臉書和賴（Line）都有教育功能，因為常會有一些有關文學、哲學、藝術、科學、醫學、歷史、地理等等的 PO 文，若能加以研讀，日積月累所得的知識，其實並不會輸給一般的大學畢業生。所以**其實臉書和賴（Line）也是相當於一所大學**，其中包藏了太多的學問知識，等著我們去汲取。本篇也提到有一首英詩，由一位高人按照中文詩的五種格式（白話詩、律詩、七言絕句、楚辭、古詩）分別翻譯之後，其韻味各有千秋，都能呈現出中文詩濃濃的美，意境比原來的英詩高出很

多！

第 13 篇提及作詞大師葉俊麟創作的台語歌謠〈**淡水暮色**〉的歌詞本身，就是一首很優美的台語詩。所以**葉俊麟**和**周添旺、李臨秋、陳達儒**等其他三位公認的台語歌謠作詞大師，必然還有很多好詩隱藏在其所作的歌詞之中，等待我們去挖掘。

第 14 和 15 兩篇，都是談日治時期**張文環**的作品，前者是短篇小說，後者是長篇小說，這兩篇小說的感動力都很強，研究張文環文學作品的權威陳其南教授曾說：

「在所有台灣日治時期 82 位作家之中，**張文環文學作品之美應居第一名！**」

這兩篇看完之後，相信你會同意陳其南的看法。第 16 篇告訴我們，二十世紀三十年代的台灣，是日治時代最有文化活力的時期，短短八年之中，竟出現 40 首動聽的台灣鄉土歌謠！海外台灣人聽到像〈雨夜花〉或〈望春風〉或〈河邊春夢〉等等這些台語老歌時，常常會引起他們的思鄉之情而熱淚盈眶。

第 17 篇談五十多年前流行在嘉義縣梅山鄉的一首非常好聽的台語歌曲〈**懷念的流星**〉。這首曲子由**陳燦煌作曲作詞，賴美丹演唱**，在梅山地區一直傳唱到現在！第 18 篇認為：對於愛唱歌的人來說，伴唱機簡直是劃時代的大發明！讓喜歡唱歌的人，有一個得以歡唱的舞台，只要投下十元硬幣，人人都能上台，想像自己是一名歌星，唱給台下的人聽。

第 19 篇強調**水墨畫都有一種氣韻之美**，這是油畫和水彩畫所欠缺的。水墨畫的氣韻從何而來？文中有詳細的剖析。第 20 篇指出，「**文化之旅」其實比「美景之旅」更美，更能有深刻的感動！**

不僅以上各篇都有美在其中，對本書的兩個主軸：**優雅台文**和**心經**來說亦不例外。優雅台文正是因為它有優雅之美，我們才積極提倡。而《心經》朗朗讀來充滿了空靈之美，它宣說世間的實相，眾生若能領悟則能減輕很多人生的苦痛，有什麼比這個更美的嗎？

目錄

台語這樣寫很優雅

這是書寫台語最簡單而且優美的方法！

　　台語是一種很優美的語言，有七個聲調，比華語還多兩個聲調，因此聽起來抑揚頓挫，很像音樂。吟唐詩宋詞，用台語比用華語更動聽，就是因為台語比華語多了兩個聲調。台語的詞素也比華語豐富，例如要形容「很黑」，華語也只能講「很黑」，但台語卻有三個形容詞，「黑ㄙㄜˊㄙㄜˊ」、「黑ㄇㄚˋㄇㄚˇ」、「黑ㄉㄨˊㄉㄨ」，分別來形容「很黑」、「普通黑」、「稍微黑」。台語不但詞素豐富，各種俚語和俏皮話更是不計其數，當年黃俊雄的布袋戲為什麼能夠廣獲觀眾歡迎，創下驚人的 97％超高電視收視率？除了本書第 9 篇所說的因素之外，有一個重要原因就是他能活用豐富的台灣俚語和俏皮話，讓人絕倒！

　　但是這麼優美的台語卻無法書寫，這是多麼令人難過的事！大家有看過使用台語寫的書嗎？相信絕大多數的人都沒有見過，可以說是非常罕見。表面上書寫台語有三種方式，第一種是「漢文書寫法」，這種書寫法的困難處在於有百分之二十五的台語有音無字，無法用漢字來表達。例如「攬 ㄍㄚ 足 ㄋˇ」（抱得很緊）的「ㄋˇ」、「歪哥くーˇ ㄘㄨㄚˋ」的「くーˇ ㄘㄨㄚˋ」等等都找不到漢字可寫，這類例子不勝枚舉。有些要書寫台語的人只好到康熙字典中找一些僻字來代用，這種僻字除了作者之外沒有人看得懂。例如「g ㄠˊ 媳婦」（就是ㄅㄧㄤˋ腳媳婦，亦即精明的媳婦）中的「g ㄠˊ」有人寫成「鰲」，這是一個罕見字，在「漢文書寫法」中，這類罕見字有一千多個。

　　更有些人自創新字，例如上述的「ㄋˇ」這個音找不到漢字，所以就有人造出「凋」這個字來表達。據估計像這類「漢文派」創造出來的怪字至少超過一千個。

　　創造出來的怪字加上罕見字總共在兩千字

以上，而目前讀到高中畢業（總共 12 年）也才學會三千多個漢字，如果說為了書寫台語必須再另外學會二千個怪字和罕見字，豈不是還要再花費三、四年以上的時間？這當然是不可能的，因此以純漢字來書寫台語根本就行不通，因為就算你寫出來了，裡面的一些怪字和罕見字也沒有人看得懂！

怪字和罕見字既不可行，因此現在都流行使用「代用字」。報紙（2018 年 3 月 4 日）刊載，韓國影星丁海寅來台受訪時，為了顯出萌味，說了一句台語：「阿捏母湯」，大部分讀者即使懂台語，大概也不知道是在講什麼？「阿捏」比較好猜，發音「ㄢ　ㄋㄧㄝ」，是「這樣」的意思。「母湯」呢？母親的溫泉？當然不是，也許要想很久才領悟到可能發音是「m˘ tang」，是「不要」的意思。用「母湯」來表示「不要」，這樣地錯亂漢字的原意，使台語看起來格調不高。

以漢文來書寫台語的方法如附文（一）所示。

　　另外一種書寫台語的方式，是使用「羅馬字」來書寫台語，如附文（二）的左邊所示。但是由於這種書寫法有「轉音」的問題，要學會並不簡單，以致到現在社會上仍然很少有人會使用。就以「站」為例來說明轉音問題，若以華語聲調符號來表示台語「站」的聲調，車站的「站」是第 2 聲，站長的「站」卻是第 3 聲，而羅馬字書寫「站長」的「站」，依其規定須注本音第 2 聲，但唸的時候卻要唸第 3 聲。這對使用「羅馬字」書寫台語的人來說是很大的困擾。在台語中字的轉音非常普遍，也因此使用「羅馬字」來書寫台語也就困難重重了！

　　無論是**漢文派**或**羅馬派**還有另外一個問題，就是無法讓台語 PO 上網或者儲存於光碟中。例如上述的「峒」這個字，本來就是造出來的，既然在電腦的字庫中沒有這個字，當然用電腦鍵盤也就打不出來了。而羅馬派書寫台語也一樣用鍵盤打不出來，因為這種書寫法必須在羅馬字上面再打上聲調符號，但鍵盤無法這樣打。羅馬派的人都說：只要下載羅馬字軟

體就能在鍵盤上打出來，但是一般人怎麼會去下載這種軟體？

有人主張使用「**漢羅混用法**」來書寫台語，如附文（二）的右邊所示。也就是有漢字可用時就使用漢字，沒有漢字可用時才使用羅馬字來拼音，但是漢字是方塊字，羅馬字是蟹形文字，這兩種外觀相差很多的文字並列在一起，其不倫不類可想而知，實在非常不搭調！台語學者洪惟仁曾對他的中文系學生作過調查，發現絕大多數的學生都不能夠認同使用「漢羅混用法」的方式來書寫台語，理由是很難看！正是因為難看，社會上大多數的人至今都無法接受這種寫法。而且因為「漢羅混用法」有使用到羅馬字，所以同樣無法用鍵盤輸入，也無法 PO 上網。

因此我們主張使用「**漢日混用法**」來書寫台語，也就是遇到某些台語沒有漢字可用時，就使用日文字母來拼音。這樣做有三個好處：

第一、**使台語可以上網**。因為電腦字庫中有日文字母，包括平假名和片假名，所以用這

個方法可以讓台語 PO 上網，包括臉書和 Line，當然更能儲存在光碟中。

第二、**使台文看起來很優美**。日文字母中的平假名具有草書之美，每個字母都是如此地線條優美，充滿空靈的氣韻！我們來看開頭這五個字：**あ、い、う、え、お**（發音ㄚ、一、ㄨ、ㄟ、ㄛ），哪一個不是看起來氣韻生動？其他 43 個字母也都是如此。如果書寫台語能引進平假名，會讓台文看起來很優雅。

以附文（一）的第一段為例：

東市某一個路口檽咧賣，賣甲十點左右，人客較少矣才會徙去別位，所以欲揣著阿母，上慢九點半叼愛去。

改為「漢日混用法」書寫如下：

東市某一个路口さ°イ゛れ賣，賣か°十點左右，人客か少あ゛才會徙去別位，所以べす°エ゛著あ母，しオン゛慢九點半ど要去。

（翻成華語：東市某一個路口放在地上賣，賣到十點左右，顧客較少時才會移到別的

地方，所以要找到母親，最慢九點半就要過去。）

　　請看，台語這樣書寫是多麼優雅！日文字母也是方塊字，和同樣是方塊字的漢字混合在一起很搭調，而且因為平假名有一種草書的空靈韻味，使得「漢日混用法」書寫出來的台文，比純漢文的台文更加優雅！因此使用「漢日混用法」寫出來的台文，也可以稱為**優雅台文**。

　　第三、**「漢日混用法」簡單易學**，沒有「羅馬字書寫法」的轉音問題，也沒有「漢文書寫法」必須記住兩千個怪字和罕見字的困擾，像上述例子中的「樘」就是一個罕見字。除了可以避免寫出像「樘」這種罕見字，降低書寫台語的困難度之外，也可以避免寫出「呎、甲、揣、叨」這些錯亂漢字原意的字，這些字使台語看起來格調不高。任何人只要知道日文字母五十音的發音，以及「日文字母特殊發音表」的規定，就可以寫出優雅的台文，就是如此簡單！

雖然沒有一種書寫台語的方法比「漢日混用法」更優美和更簡單易學，不過對於要花幾天去記住幾十個日文字母，有些人可能沒有這份耐心，因此必須採用漸進法來推廣。我們可以先將一部分常用的台語字使用「漢日混用法」來書寫，例如：

「趴趴走」可以改寫成「**ぱぱ走**」，「金細細」改寫成「**金しし**」，「霧煞煞」寫成「**霧ささ**」，「長落落」寫成「**長ろろ**」，「黑麻麻」寫成「**黑まま**」，「酷酷嗽」寫成「**くく嗽**」，「笑咪咪」寫成「**笑びび**」等等。

這樣寫也能避免混亂漢字的原意，例如「趴趴走」中的「趴」字的原意是：身體向下伏著不動，但「趴趴走」是四處走動的意思，「趴」單獨寫和「趴趴走」的意思竟然相反！如果寫成「ぱぱ走」就能避免混亂漢字的原意了。

一開始寫「ぱぱ走」，可能有很多人不知道「ぱ」要怎麼唸？所以後面要附華語注音符號，也就是這樣寫：ぱぱ走（ㄆㄚ　ㄆㄚ

走），讓看的人知道「ぱ」要唸「ㄆㄚ」，等一段時間之後，大家都知道怎麼唸，就不用再附華語注音符號了。我們應該用這個方式漸進地推廣優雅台文。

如果將「歌仔戲」改為「歌あ戲」，也可以提高其高雅度。「歌仔戲」的「仔」並不高雅，「仔」字有貶低之意。例如「教員仔」和「老師」相比，前者有貶低的意思，「舅仔」和「母舅公」相比，前者給人的觀感大不如後者，都是那個「仔」的關係。因此「歌仔戲」若改為「歌あ戲」，把「仔」字去掉，就可以大大地提升這個台灣傳統戲劇的高雅度！所以也讓我們從「歌仔戲」改為「**歌あ戲**」做起吧！

讓我們都來推廣這個又簡單易學又優美又能上網的**優雅台文**吧！如果台語能夠這樣優美地書寫的話，一定能夠振興起來！

使用「漢日混用法」來書寫台語，是最好也是最簡單的方法！反對這樣寫的人請告訴我，要不然你有更好的台語書寫方法嗎？你有寫起來很優美，而且讓台語可以上網以及儲存

在光碟中的方法嗎？如果沒有，就和我們一起來推廣優雅台文吧！

以下是「**日文字母五十音表**」、「**漢日混用法的日文字母特殊發音表**」以及「**漢日混用法書寫規則**」。

日文字母五十音表

日文字母五十音表									
あ(ア)	a	い(イ)	i	う(ウ)	u	え(エ)	e	お(オ)	o
か(カ)	ka	き(キ)	ki	く(ク)	ku	け(ケ)	ke	こ(コ)	ko
が(ガ)	ga	ぎ(ギ)	gi	ぐ(グ)	gu	げ(ゲ)	ge	ご(ゴ)	go
さ(サ)	sa	し(シ)	si	す(ス)	su	せ(セ)	se	そ(ソ)	so
ざ(ザ)	za	じ(ジ)	zi	ず(ズ)	zu	ぜ(ゼ)	ze	ぞ(ゾ)	zo
た(タ)	ta	ち(チ)	tsi	つ(ツ)	tsu	て(テ)	te	と(ト)	to
だ(ダ)	da	ぢ(ヂ)	di	づ(ヅ)	du	で(デ)	de	ど(ド)	do
な(ナ)	na	に(ニ)	ni	ぬ(ヌ)	nu	ね(ネ)	ne	の(ノ)	no
は(ハ)	ha	ひ(ヒ)	hi	ふ(フ)	hu	へ(ヘ)	he	ほ(ホ)	ho
ば(バ)	va	び(ビ)	vi	ぶ(ブ)	vu	べ(ベ)	ve	ぼ(ボ)	vo
ぱ(パ)	pa	ぴ(ピ)	pi	ぷ(プ)	pu	ぺ(ペ)	pe	ぽ(ポ)	po
ま(マ)	ma	み(ミ)	mi	む(ム)	mu	め(メ)	me	も(モ)	mo
ら(ラ)	la	り(リ)	li	る(ル)	lu	れ(レ)	le	ろ(ロ)	lo
や(ヤ)	ya			ゆ(ユ)	yu			よ(ヨ)	yo
わ(ワ)	wa	ゐ(ヰ)	wi			ゑ(ヱ)	we	を(ヲ)	o
ん(ン)									

註：左邊的字母是**平假名**，括號內的字母是**片假名**。小格是英語音標。

漢日混用法的日文字母特殊發音表

ぢ	づ	ヰ	ヱ	ヲ	ん	ン	む
ㄅㄧ	ㄅㄨ	ㄨㄧ	ㄨㄟ	黑	因	黃	
ti	tu	ui	ue	oo	in	ng	m

か゚	き゚	く゚	け゚	こ゚	ざ	じ	ず	ぜ	ぞ
ㄍㄚ	ㄍㄧ	ㄍㄨ	ㄍㄟ	ㄍㄛ	ㄘㄚ	ㄘㄧ	ㄘㄨ	ㄘㄟ	ㄘㄛ

ま゚	み゚	む゚	め゚	も゚	あん	いん	うん	えん	おん
ㄅㄚ	ㄅㄧ	ㄅㄨ	ㄅㄟ	ㄅㄛ	安	因	溫	煙	王
					an	in	un	en	ong

あソ	いソ	えソ	やソ	ゆソ	わソ	あム	いム	おム	やム
餡	圓	嬰	影	羊	碗	晚	淹	搵	炎
aN	iN	eN	iaN	iuN	uaN	am	im	om	iam

あト	いト	うト	えト	あコ	いコ	おコ	あフ	いフ	おフ
握	乙	熨	搧	澆	益	惡	壓	邑	
at	it	ut	et	ak	ik	ok	ap	ip	op

註 1：表中的漢字都以台語發音，第三列是羅馬拼音。

註 2：為什麼需要「特殊發音表」？這是因為台語的音素比日語多，所以只得另外制定一些新的日文字母。另外有一些是原有的日文字母，規定它的特別發音，以利形成完整的台語音素。

漢日混用法書寫規則

1. 除了「特殊發音表」之外，其他日文字母的發音就是原本的發音。
2. 台語遇到無漢字可用時，才能使用「漢日混用法」拼出該字的發音。
3. 台語使用漢字時，其字義必須符合該漢字原來的字義。
4. 拼出台語字時，**只有每個字的第一個字母可以使用平假名**，其餘字母都必須使用片假名，但「ん」例外。
5. 字尾的片假名卜、コ、フ都是促音符號，發音時卜表示舌抵上顎，コ表示舌抵下顎，フ表示雙唇閉合。字尾的片假名ソ表示要發鼻音。
6. 五個音調符號，除了「⊙」是輕聲，其餘與華語注音符號相同，「ˊ」是第 2 聲，「ˇ」是第 3 聲，「ˋ」是第 4 聲。
7. **音調從簡原則**——不使用會混淆時，才需要使用音調符號。促音盡量不要加音調符號。

ぢ、ど、む的後面不必加音調符號。

8.**拼音從簡原則**——拼音字的字母能減少時要盡量減少。

9.「的」用「の」來代替。「阿」和「仔」用「あ」來代替。台語的代名詞為：阮（我）、咱（我們）、你ん（你們）、伊（他）、伊ん（他們）。

10.要以華語發音的部分以標楷體表示，並將字體加重。要以日語發音的部分全部用片假名書寫，不要加聲調符號。

註 1：第 37 頁附文（一）來自林央敏主編《台語散文一紀年》一書的第 198 頁，是〈阿母〉一文的第 2 頁，這一篇文章的作者是林央敏。

註 2：第 38 頁附文（二）來自《伊索寓言台語版》一書裡面的第 33 篇文章。

附文（一）

198．阿母　　（1997）

東市某一個路口檮〔裁〕咧賣，賣甲十點左右，人客較少矣才會徙去別位，所以欲揣著阿母，上慢九點半叨愛去。

　　下早仔八點外醒起，我清采洗面，穿昨彼須制服，無顧去學校餐廳食饅桃（頭），給三號同學借伊彼台會變速、跑起誠猛的孔明車叨出發，雖然腹肚咕咕叫塊喝枵，但是心情真輕鬆，橫直等一下給阿母討一百匝（箍）所費，阿駛驚仔無一碗十匝銀的牛肉麵通食。安呢想，仲秋的早風搧過來，顛倒感覺一陣涼爽。

　　出世做散鄉農家的子弟，生性叨昧開駛，我真清楚家己的運命，所以永早我一直呀敢映望身軀頂會凍柒一㞢所費通諒尚〔傷〕，不過自從阿母會曉做小生理了後，雖然抑佮人昧比併，但是三不五時欲愛淡薄仔錢已經無問題，阿母已經互我會駛參同學踮拜六暗去踅夜市、看電影、食蚵仔煎矣，甚至嘛敢請查囡仔去飲咖啡。學校離東市場無外遠，騎過監獄了後，叨進入較鬧熱的街市，所以我助大輪車放慢落來。

　　沿路騎沿路想，今仔若有揣著阿母，按算後禮拜六欲約阿青小姐來去〔以〕飲咖啡，著，聽講彼間置冊局邊仔的懷念咖啡廳氣氛昧䆀，有情人座，暗時擱有鋼琴演奏。頭一遍約束掣來遞，才有可樂思(CLASS)....

　　東市到矣，北爿路段主要塊賣魚賣肉，果籽販仔大部份排置南爿，尤其是流動擔仔。當我踅過兩個十字路口了後，看著前面一個查仔人若准塊叫喝，伊的形影蓋成阿母，我心內隨時浮一陣歡喜起來，好佳哉，阿母抑未走，無錯，正是阿母，我遠遠叨認出阮兜彼台舊貨架仔車，阿佮阿母互暝日

附文（二）

33. 莊腳 Niáu 鼠 kap 都市 Niáu 鼠

有一隻都市 niáu 鼠走去 chhōe 伊 tòa tī 莊腳 ê 親 chiàⁿ。莊腳 niáu 鼠老實 koh 條直，伊真愛 chit 個都市親 chiàⁿ，熱情 kā 款待。伊 án-nái 都市 niáu 鼠 chiah 鼠食敏豆、la̍h 肉、chhì-suh kap 俗 pháng。

這個都市 niáu 鼠用尖鼻仔 kā chiah-ê 莊腳食物鼻鼻一 leh，講：「我實在 bē-tàng 了解，你哪會 tàng 忍受 chiah-nih 歹食 ê 食物。M̄-kú，che 是一定--ê，tī 這莊腳所在，你 bē-tàng 向望有啥物 khah 好 ê 物件 thang 食。」

「行--啦！Kap 我做伙來去都市，我 beh hō· 你看 mai--咧，按怎才是正港 ê 生活。你 tī 都市 tòa 一--禮--拜 ah，你就會感覺講，以前哪會 tī 莊腳 tòa ē 會 tiâu？」

天 beh 暗 ê 時，這兩隻 niáu 鼠就次到都市。都市 niáu 鼠真有禮數，講：「經過 chiah 長 ê 路途，你一定 beh 食 chit 寡仔點心 lah。」講煞，就 chhōa 莊腳 niáu 鼠入去一間真大間 ê 灶腳。Tī hia，in 看著真 chē 賰菜--á，就 tòa-chia 開始大喙開始食雞卵糕、菜燕 kap 其他 ê 好食物仔。

無張無持，in 聽著奇怪 ê 叫聲。莊腳 niáu 鼠真緊張，問講：「He 是啥物？」都市 niáu 鼠 kā 應講：「He 是厝內 ê 狗仔 teh 叫 na-tiāⁿ。」「啥物？」莊腳 niáu 鼠大聲喝一出--來！「我才無愛 tī 食暗頓 ê 時聽著這款音樂！」這個聲鬧陣，鬥鬧熱鬧一開，兩隻狗仔衝一入--來，tī 亂紛紛 soan--loh。

莊腳 niáu 鼠講：「我 beh 來轉啦！」都市 niáu 鼠講：「哪會 chiah 緊就 beh 走？我 tú 願轉去莊腳穩心仔食豆仔 kap 臘肉，mā 無想 beh tiàm 都市過心驚膽跳 ê 華麗糕，飲 bih-luh！」

註：
1. 敏豆就是「碗豆」。
2. 臘肉就是「培 kiⁿ」。
3. Chhì-suh 就是「cheese」。
4. 俗 pháng 就是「土司」。
5. Bih-luh 就是「Beer」，啤酒。

33. Chng-kha Niáu-chhí kap To-chhī Niáu-chhí

Ū chit-chiah niáu-chhí to-chhī niáu-chhí khì chhōe i tòa tī chng-kha ê chhin-chiàⁿ. Chng-kha niáu-chhí lâu-sit koh tiau-tit, i chun ài chit-ê to-chhī chhin-chiàⁿ, jia̍t-chêng kā khoán-thāi. I an-nái to-chhī niáu-chhí chiah bín-tāu, la̍h-bah, chhì-suh kap siók-pháng.

Chit-ê to-chhī niáu-chhí iōng chiam phīⁿ-á kā chiah-ê chng-kha chiah-mih phīⁿ-phīⁿ--leh, kóng, "Góa si̍t-chāi bē-tàng liáu-kái, lí ná ē-tàng jím-siū chiah-nih pháiⁿ-chiah-ê chiah-mih. M̄-kú, che si ti-tēng--ê, tī chit-chióng chng-kha sò·-chāi, lí bē-tàng ǹg-bāng ū sím-mih khah-hó ê mih-kiāⁿ thang chiah."

"Kiâⁿ lah! Kap góa chò-tīn chiàⁿ-káng ê seng-oa̍h. Lí nā tī to-chhī tòa--chi̍t--lé--pài ah, lí chiū ē kám-kak kóng, i-chêng ná-ē tī chng-kha tòa ē tiâu?"

Thiⁿ beh àm ê sî, chit nn̄g chiah niáu-chhí chiū lâi kàu to-chhī. To-chhī niáu-chhí chin ū lé-sò·, kóng, "Keng-kòe chiah-tn̄g ê lō·-tô·, lí it-tēng siūⁿ beh chiah chit-kóa tiám-sim lah." Kóng soah, chiū chhōa chng-kha niáu-chhí ji̍p-khì chit-keng chin-tōa keng ê chàu-kha. Tī hia, in khoaⁿ-tio̍h chin-chē chhaiⁿ-chhau--á, chiū tòa-chia keng tōa-chhùi khai-sí chiah ke-nn̄g-ko, chhài-iàn kap kî-tha ê hó-chiah mih-á.

Bô tiuⁿ bô tî, in chiàⁿ-tio̍h kó-kòai ê kiò-siaⁿ. Chng-kha niáu-chhí chin kín-tiuⁿ, mn̄g kóng, "He sī sím-mih siaⁿ?" To-chhī niáu-chhí kā in kóng, "He sī chhù-lāi ê káu-á teh kiò na-tiāⁿ." "Sím-mih?" Chng-kha niáu-chhí tōa-siaⁿ hoah--chhut-lâi! "Góa chiah bô-ài tī chiah àm-tǹg ê sî thiaⁿ-tio̍h chit-khóan im-ga̍k!" Chit-ê siaⁿ-chún, mn̄g hiông-hiông khui--khui, nn̄g chiah káu-á chhiong--ji̍p-lâi, in chiū kóaⁿ-kín soaⁿ loh.

Chng-kha niáu-chhí kóng, "Góa beh lâi tńg lah!" To-chhī niáu-chhí kóng, "Ná-ē chiah-kín chiū beh cháu?" "Góa sim-gōan tńg-khì chng-kha ún-sim-á chiah tāu-á kap la̍h-bah, mā bô siūⁿ beh tiàm to-chhī thê-sim-tiàⁿ-tiàⁿ chiah ke-nn̄g-ko, lim bih-luh!"

四篇優雅台文

　　使用「**漢日混用法**」書寫的文章，因為具有**草書**的優美，所以稱為「**優雅台文**」。第一篇至第三篇都附有華語譯文，方便想學優雅台文的讀者，只要將台文和華文互相對照，應該很快就能學會使用「漢日混用法」來寫台語，真的不難！第四篇的題目是〈生活中のペト步〉，就是華語「生活中的祕訣」之意。這一篇不附華語譯文，目的是要讓讀者利用「**日文字母五十音表**」和「**日文字母特殊發音表**」去「摸索」，自行把整篇文章的台語唸出來，相信完成之後你會有一種成就感的。

　　而且完成之後是有酬勞的喔！這個酬勞就是你會從這篇文章得到一些重要的祕訣！這些祕訣都是很有用的。首先你會得到「**如何讓牙齒終生保持健康的方法**」，也就是不會蛀牙和得牙周病！這個方法絕不是要你加強刷牙或洗牙

等等的老套。但是蛀牙是不可逆的，如果你已經有了蛀牙，那麼這個祕訣能讓你「維持現狀」不會讓牙齒繼續惡化下去。我（本書作者）自己奉行這個祕訣 30 多年，至今牙齒仍和 30 多年前的情況相同，每顆牙齒都好好的。其次你會得到「**如何治好香港腳的方法**」，但不是要你去塗藥，而是免費又很有效的方法。這篇文章尚有其他的祕訣等著你去挖掘喔！

（一）原來台語ま會だン˙あんね寫

郭秀鳳

　　四だン´前阮か゚邱館長開辦一个讀書會，隔どんだン館長邀請蕭老師來主講，就あんね又こ゚另外成立一个「優雅台文讀書會」，だコ˘家ど開始學習「優雅台文」。

　　づ開始の時つん´，老師講伊べ教日文，阮だコ˘家攏ちオコ˘歡喜え˘，我就趕緊去す゚ヱ˘阮彼ャえ死忠兼換帖え˘來上課。むこ゚經過く゚ヰま゚イ`了後，阮有夠失望え，因為老師か゚˘阮每一个攏當作「資優生」看待，伊なれ開火車か゚ン˘款，すト⊙一れ˘ど過去あ˘，阮實在なし゚ん´像鴨あで聽雷れ˘，聽か゚霧さ`さ˘。

　　後來老師開始教阮「漢日混用法」，除了要會曉讀日文字母五十音以外，こ゚要會曉使用「日文字母特殊發音表」か゚「書寫規則」。雖然老師ぢ台頂是講か゚嘴角全波，むこ゚阮這ィ陣學生ぢ台か是ほヲ伊牽か゚ごオん˘ごオん˘せ⊙。我彼つん攏想講，阮也已經吃か゚這ィめ゚

43

年紀あ，まむ知學這是為著什み`？だコ家攏這
ャにはム慢，無ぢヤゾ`ぢョ這ィま°イ`老師會
踢著鐵板。

　經過無ぐワ久，老師開始施展伊のペト
步，伊ぢ「臉書」頂面，阮の「優雅台文讀書
會」網站裡面出「有獎徵答」，而且伊用獎品來
か°阮しヤゾ′，題目總共有三條，攏是用「漢
日混用法」寫の台語，伊叫阮翻作華語，只要
よ`對ど有一包餅，か°阮當作三歲囝あし°ん
さ°イ騙騙れ，我才無想べ回答れ！

　すワ`落來，有く°ヰあ`个書友當作れよ`謎
猜，你よ`過來，我よ`過去，よ`か°し°ヤン`し°
ヤン`滾，看起來か°んな真ャ心しコ。阮觀察
了一段時間，就じオん`じオんべ擋未ぢヤウ′
あ，我ど想講「輸人む輸陣」，來か°試一ま°イ
看まイ′，誰知やゾ試るヱどむ知たンあ收すワ
⊙。

　話こ°講轉來，か°ン款のだイ誌な`做久
あ，だコ家一定是せん`だウ`だウ⊙こ°軟か°ウ`
か°ウ⊙，阮ま開始煩惱沒人べ回答，な`か°ん

單すﾟん一兩个でだウﾞさソﾞかﾟンˊ，彼エ是ちオコ無聊え，老師這ャに認真で教，阮絶對未だンˋほヲ讀書會「しﾟヤˊ倒だソﾞ」。我這ィ个活骨の學生，腦筋開始りんﾞろオんﾞせ⊙，づキˊ我の好朋友一个一个かﾞこヲˊほヲぢヤウぢヤウﾞ。我一まﾟイˋすﾟエˉ一个，暗中教伊あん怎寫，伊なﾞよˋ對，ど會感覺真ャ趣味。雖然我かﾟんな「甘草」真んﾞ雜さﾟフ，むこﾟなﾞ看著伊んの笑容，我ど感覺真ャ滿足。

彼段時間了後，老師又こﾟ增加無かﾟンﾞ款の題目，伊叫阮かﾟ「漢文派」の台語翻作「漢日混用法」の台語。會記トぢ彼だンˊつん，阮なﾞ寫かﾟ亂さﾟウさﾟウ，老師就頭殼もˋれ燒，伊一定想講，你んな會這ャに憨こﾟ這ャに歹教れ？

一直到だソﾞ，阮だコ家の優雅台文攏進步真ャちエˊ，だコまﾟイˋなﾞ有問題，だコ家ど作伙討論。有だン時ま會かﾟ老師つエソˋかﾟあムﾞ頸筋ちオコ大條え，我ま會ぢヤソﾞぢヤソ問かﾟ一支柄好ぎャˊ，就あんね心內の問題な來

45

な少，阮也る來る進步あ。

　　なˇこ゚講到阮老師，平常時看起來是真ャ嚴肅，むこ゚伊行過の橋比阮行過の路こ゚かちェ´，而且真ャ有耐心か゚智慧，ぢ這ィ段時間，伊施展了十八般武藝。為著べほヲ阮變かきヤウˋれ，伊ばト教阮圍棋，ま不時用りんご來鼓勵出席の同學，むなˇあんね，伊こ゚教阮天文、地理、物理、化學、文學、佛學、藝術……等等寶貴の知識。伊是一座寶山，等待阮だコ家認真去掘。ちムまˋ阮已經會だンˋか゚ˇ聽著の台語用優雅台文寫落來あ，最近老師ま開始訓練阮去教新來の同學。伊の用心阮攏知やソˋ，只有こ゚か認真才未辜負著老師の期待。

　　學習只是一个過程，阮づヰ´開始用捧場の心態，一直學か゚有興趣，這是一段真ャ久長の時間，這ィ个過程ほヲ阮了解，原來台語ま會だンˋあんね寫，用日文字母か゚漢字だウˋ作伙來記錄台語，竟然會變作這ャにすヰˋの優雅台文。ちムまˋわト頭か゚看，並無像當初所想の

彼ャに歹學，寫起來ま未一粒頭兩粒大。優雅
台文現在是か°んな日頭づべ浮出大海か°ンˇ
款，希望會だンˋだウˇだウˊあ流傳出去，為漸
漸流失の台語盡一く°ワ力量，か°ˇ台語の美留
ほヲ咱の囝孫，這是阮だコ家のン望。

註：第一篇的前兩段不遵照「音調從簡原則」，
　　除了「ぢ、ど、む」之外，將所有的拼音
　　字的音調都加以注明，這樣做是要方便初
　　學「漢日混用法」的人。

（中文翻譯）

（一）原來台語也可以這樣寫

郭秀鳳

四年前，我和邱館長舉辦了一個讀書會，隔年館長邀請蕭老師來主講，就這樣，又另外成立一個「優雅台文讀書會」，大家就開始學習「優雅台文」。

剛開始的時候，老師說他要教日文，我們大家都很高興，我就趕緊去找我那些好朋友來上課。但是經過幾次之後，我真是太失望了，因為老師將我們每一個都當作「資優生」看待，他好像開火車一般，咻一下就過去了，我們實在好像鴨子聽雷那樣，聽得迷迷糊糊。

後來老師開始教我們「漢日混用法」，除了要會讀日文字母五十音以外，還要會使用「日文字母特殊發音表」和「書寫規則」。雖然老師在台上講得口沫橫飛，不過我們這些學生在台下卻是聽得頭腦幾乎打結。我那時總是這樣想，都已經活到這把年紀了，真不知學這個是

為了什麼？大家的吸收能力都這麼差，說不定這次老師會踢到鐵板。

經過沒多久，老師開始施展他的絕招，他在臉書上，我們的「優雅台文讀書會」網站裡面出「有獎徵答」題，並且用獎品來引誘我們回答，題目總共有三題，都是用「漢日混用法」寫的台語，他要我們翻譯成華語，只要答對就能得到一包餅乾，把我們當作三歲小孩那樣隨意哄騙，我才不想回答呢！

接下來，有幾位書友把它當作猜謎語一般，猜來猜去猜得熱鬧滾滾的，看起來好像很有趣。我觀察了一段時間之後，快要忍不住了，我就想「輸人不輸陣」，來嘗試一次看看吧！誰知道試了一次以後，就停不下來了。

話又說回來，同樣的事情如果做久了，大家一定會厭倦，熱情不再，我也開始擔心沒人要回答，如果只剩一兩位在幫忙撐場面，那是很無聊的事，老師這麼認真在教，我絕對不能讓讀書會就這樣「關門大吉」。我這個鬼靈精學生，腦筋開始轉個不停，將我的好朋友一個一

個照顧好。我一次找一位，暗中教她如何寫，她若答對了，就會感到很有趣。雖然我就像「甘草」一樣，什麼都要湊上一腳，不過只要看見他們答對時的笑容，我就感到很滿足。

在那段時間之後，老師又增加了不同類型的題目，他要我們把「漢文派」的台語翻譯成「漢日混用法」的台語。還記得那時候，我們要是寫得亂七八糟，老師就開始傷腦筋，他一定會這樣想，你們怎會這麼笨這麼難教呢？

一直到現在，我們的優雅台文都進步了很多，每次如果有疑問時，大家就會一起討論。有時我也會和老師爭辯到臉紅脖子粗，也會打破砂鍋問到底，就這樣心裡的疑問越來越少，我們也越來越進步了。

若談起我們的老師，平時看起來非常嚴肅，但是他走過的橋比我們走過的路還多，而且很有耐心與智慧，在這段期間，他施展了十八般武藝。為了讓我們提升智能，他曾教我們圍棋，也常常用蘋果來鼓勵出席的同學，不只如此，他還教我們天文、地理、物理、化學、

文學、佛學、藝術……等等寶貴的知識。他是一座寶山，等待我們大家認真去挖掘。目前我們已經可以將聽到的台語用優雅台文記錄下來，最近老師也開始訓練我們教新來的同學。他的用心我們都知道，只有更加認真才不會辜負老師的期望。

　　學習只是一個過程，我從一開始用捧場的心態，一直學到有興趣，這是一段很漫長的時間，這個過程讓我了解到，原來台語也可以這樣寫，用日文字母和漢字湊在一起來記錄台語，竟然會變成這麼優美的優雅台文。現在回頭再看，並沒有當初所想的那麼難學，寫起來也不會一個頭兩個大。優雅台文目前彷彿是美麗的朝陽剛剛浮出海面一般，希望可以慢慢流傳出去，為漸漸流失的台語盡一份心力，把台語的美留給我們的子孫，這是我們大家的期盼。

（二）媽媽妳ぢど位？

蘇碧惠

春風ゐづヱˊ吹伊む知。

冷きﾟきﾟの寒風吹かﾟほヲ人會ぴぴすﾟワ，むこﾟ伊ま沒感覺，為什麼會あんね？是伊の形軀發生什み問題？抑是伊の心ばト受著什み款の刺きコ？ほヲ人想攏無。伊有ちオコちヱˊの心事攏こンˋぢ心肝底，無對人講起，かﾟˇ痛苦ぢヤムˇぢヤムˊ吞腹內。伊到底是什み款の囝あ？ほヲ人ちオコ想ベ知やソˋ。

聽人講，伊ぢヤソˇぢヤソぢ三更半暝傷心ではウˋ，思念親生爸ヱ母の心情かﾟな海波浪，ぢ伊の心中溢來溢去，ンˋ望會だンˋぢ夢中かﾟ伊ん相會，因為伊の親生爸ヱ母ちオコ早就無去あ。爸爸ぢ伊の記どイˊ中是小くワ有印象，むこﾟ伊從來むばト看過伊の媽媽。

聽別人で講，伊の媽媽是一个堅強こﾟ會だンˋ吃苦，個性溫柔すﾄˋすﾄˋのつアˊ某。古早人で講：「すﾄ人沒すﾄ命。」真ャ是這ャにぎ

ヤフ命，辛苦做しトむばト過好日子，形軀ぱˋ
歹すワあんね破病來離開世間，ほヲ人感覺真
ャむ甘。伊だコまﾟイˋ唱起有關母親の歌，就
心酸悲傷流目屎：

「有媽媽の囝あしﾟん像寶，ほヲ人惜命
命，倒ぢ媽媽の懷抱，是幸福のだイˇ誌。無媽
媽の囝あしﾟん像斷線の風すﾟヱ，隨風四けﾟ
飛……。」

永遠無法どヲ有親情の溫暖，心內無でˋ寄
託，無依無わˋの日子，是這ャに孤單苦憐。暗
時天頂の星閃しʘ，伊講なしﾟん像看著媽媽慈
愛の目ちユ，天頂の月娘是媽媽歡喜の笑容。
伊會記トぢ每だンの母親節，攏想べˋ寫思念媽
媽の文章去參加比賽，むこﾟ最後伊ま是無寫
成，因為伊一みﾟンˊ寫一みﾟンˊ流目屎，はウˋ
かﾟ目ちユ紅こﾟオンˋこﾟオンˇ，桌頂の紙滴かﾟ
だムˊろオころオコ。伊想べˋ寫ぷヱ寄ほヲ天頂
の媽媽，對媽媽講心事，想媽媽の模樣，ぎユ
媽媽の手對伊講：「媽媽！我想妳、我愛妳！」
ほヲ媽媽攬ぢヤウˋぢヤウˇ，感受母愛の疼た

ン。

　　有一か°ン，無意中聽著別人で講，伊有一个親ちヤソ´づワ゛ぢ宜蘭，伊の心ひオん´ひオん´出現著一線の希望。經過四十幾だン，忽然間一个機緣，伊か°宜蘭の親ちヤソ連絡著，伊く°ヰ´个人歡喜か°ぽオコぽオコ跳，心情攏こヰソ`活起來！皇天不負苦心人，伊ゐ親ちヤソ彼ャて゛著媽媽以前の相片，看著か°己生か°和媽媽真しン´，心肝底又こ°充滿思念，目屎一直流未すワ⊙，暗時で睏，伊將媽媽の相片こン゛ぢ胸前，睏ろ眠の時つん，夢見媽媽笑びびか°伊講甜蜜の話，まむ甘囝あ受著這ャ大の痛苦，用溫暖の雙手か゛゛伊攬ぢヤウ´ぢヤウ゛。

　　忽然間伊ほヲ外面の雷公聲驚ちン´しん´´，驚か°大聲はウ`こ°四け°す°ヱ´，一直叫：

　　「媽媽你ぢど位？到底你ぢど位？你まイ`走……，妳轉來阮の形軀邊，我需要妳！我ちオコ愛妳！」

　　あ！原來這是一場夢，無情の雷公聲打醒伊の美夢，伊軟しヨ´しヨ´倒ぢ眠床上，心內

54

想べづヱˋ媽媽作伙去飛。過一時あ，耳孔邊傳
來溫柔の歌聲，唱著伊しオんˇ愛聽しオんˇ愛
唱の歌曲〈心肝寶貝〉：

「月娘光光掛天頂，嫦娥ぢ彼ャづワˇ

你是阮の掌上明珠，抱れ金金看

看你どヲˇちヱˇ，看你收ろワソˊ，看你で學行

看你會走，看你出世，相片一大た⊙

輕輕聽著喘くヰˋ聲，心肝寶貝団

你是阮の幸福希望，ちムˊちオコかﾟ你しﾟヤソˊ

　　　　　　　　……」

　　伊ちムˊちオコれ聽，目ちユ就あんね慢慢
あ合起來，有ぴソˇ著春天花蕊の香味，彼ェ是
媽媽留ほヲ伊唯一の紀念。

（中文翻譯）

（二）母親您在哪兒？

蘇碧惠

春風從哪兒吹她不知道。

冷颼颼的寒風吹到使人顫抖，不過她也沒感覺，為什麼會這樣呢？是她的身體發生什麼問題嗎？還是她的心曾經受到什麼樣的刺激？讓人想不通。她有很多心事都放在心中，不曾向人提及，把痛苦默默地往肚子裡吞。她到底是什麼樣的孩子呢？讓人很想知道。

聽人家說，她常常在三更半夜傷心地哭泣著，思念親生父母親的心情像海浪，在她的心中湧來湧去，期望能在夢中與他們相會，因為她的親生父母親很早就去世了，父親在她的記憶中稍微有印象，不過她從未見過她的母親。

聽別人說她的媽媽是一位堅強能吃苦，個性溫柔又漂亮的女人。老一輩的人說：「漂亮的人沒有漂亮的命。」她真的是如此薄命，辛苦務農不曾過好日子，身體操勞過度以致生病而

離開人間，使人感到很不捨。她每次唱起有關母親的歌曲就心酸流著悲傷的眼淚：

「有媽媽的孩子像是個寶貝，讓人疼愛，躺在媽媽的懷裡是一件幸福的事。沒有媽媽的孩子像是斷線的風箏，隨風四處飄零⋯⋯。」

永遠得不到親情的溫暖，內心無所寄託，無依無靠的日子，是如此的孤單可憐。夜晚天上的星星閃爍著，她說好像看見媽媽慈愛的眼睛，天上的月亮是媽媽歡喜的笑容。她記得每年的母親節，都想要寫思念媽媽的文章去參加比賽，不過最後她還是無法寫完，因為她總是一邊寫一邊流淚，哭到眼睛都紅紅的，桌上的稿紙都讓眼淚弄濕了。她想要寫信寄給在天上的媽媽，跟媽媽訴說心事，想像媽媽的模樣，拉著媽媽的手對她說：「媽媽！我想妳，我愛妳！」讓媽媽緊緊抱著，感受母愛的疼惜。

有一天，無意中聽到別人說，她有一位親戚住在宜蘭，她的內心突然出現一線希望。經過四十幾年，忽然間出現一個機緣，她和宜蘭的親戚連繫上了，她整個人欣喜若狂，心情非

常快活！皇天不負苦心人，她從他們那邊拿到媽媽以前的相片，看到自己和媽媽長得很像，心底又湧上滿滿的思念，眼淚一直流不停。夜晚睡覺時，她將媽媽的相片放在胸前，睡著以後夢見母親笑瞇瞇地對她講著甜蜜的話語，捨不得孩子受到這麼大的痛苦，用溫暖的雙手把她緊緊抱著。

突然間她被外面的雷聲驚醒，嚇得大聲哭泣，四處尋找，一直叫：

「媽媽妳在哪裡？到底妳在哪裡？妳不要走……，妳回來我的身邊，我需要妳！我很愛妳！」

啊！原來這是一場夢，無情的雷聲把她的美夢打醒，她四肢無力躺在床上，心中想要跟隨母親一起去飛。過了一會兒，耳邊傳來陣陣溫柔的歌聲，唱著她最愛聽最愛唱的歌曲〈心肝寶貝〉：

「月亮光光掛天上，嫦娥住那裡
　　你是我的掌上明珠，抱著細細看
　　看你周歲，看你收涎，看你學走路

看你會跑，看你出生，相片一大疊
輕輕聽著喘息聲，心肝寶貝兒
你是我的幸福希望，細心哺育你……」
　　她仔細地聽著，眼睛就這樣慢慢闔上了，有聞到春天花朵的香味，那是母親留給她唯一的紀念。

（三）細はんの阮

陳品妘

　　我是山頂囝あ，自出世到國民學校畢業攏是づワˋぢ山頂，對現代人來講，山頂空氣好、水質好，こ°有か°己飼のちン牲，ま有か°己種の青菜果ちˋ，是人間仙境才對。むこ°搬來山かづワˋ四十幾だンあ，やウ是感覺づワˋ這ャか方便，可能是づワˋ慣しあ。

　　細はんの時阮爸爸で造紙，攏是用手工え，用桂竹の幼竹加石灰浸ほヲ爛，こ°來用石輪でˋほヲ碎做成紙漿，紙漿用手工こ°ヲ起來鋪ほヲ平，要こ°一張一張か°りˋ開，てˋ去曝日頭，曝だ整理ほヲ整齊ど會さイ賣ほヲ商家做紙錢。曝紙是大人のかンくヱˋ，紙なˋ曝乾阮這ャえ囝あ就要幫忙去收，彼つン憨憨の阮攏希望天趕緊黑，あんね大人ど會緊來だウˋ收，なˋ末ふˋ好收，紙就會ほヲ雨淋か°糊糊去就無さイ工あ。

　　む知是造紙の人しユソ′ちエ′，抑是阮爸

60

爸か未曉推銷，紙無だコ日做。こ°か內山なˇ
有杉あたンˊぎヤˊ，阮爸爸攏會か°庄內の人だ
ウˋ陣去ぎヤˊ，有時つん阮まばトづエˋ大人の
後み°ヤ⊙ぎヤˊ一支か小支え，ま是ぎヤˊか°ペ
ソペソ喘。

四、五月是出桂竹筍の季節，づ發出來の
筍あ攏是あトˋ來食，等到一段時間就長成竹
あ，竹あの外殼會一はˊ一はˊ落ァゥろ來，阮
就要去撿はˊあ，這ィ種はˊあか大か硬，會だ
ンˋ用來包肉粽，轉來將伊曝乾ど會さイてˇ去
賣。

か早山頂沒れ用ガス，む管煮飯、煮菜抑
是ひヤソˊ燒水攏要燒柴，阮なˇ有時間就要去
撿柴。會記トぢ有一ま°ィˋ真ャ好笑，因為阿
嬤しソˊの李あ酒の李あ真好食，食幾粒了後去
竹か撿柴，因為李あ裡面有酒精の成分，すワ
ぢ竹か睏一くワンˇ。

秋天か涼以後攏會種菜，ばん草，あコ水
這ャえˊきんˊこˋのかンくヱˇ是阮団あ要做え，
因為大人真ャ無閒。

　　阮讀小學の時路やウ未通，攏用步れん`え，行路到學校要一點ぐワ゛鐘。有一半の路是路かムあ，另外一半の路か平むこ゜無鋪ダムアカ゜。早ィ時去學校是落き゜ヤ攏用跳え，兩かム`做一步跳，行到學校將近一點鐘。な゛是放學ろ要爬き゜ヤ′，ど要行一點半鐘。彼つん阮か゜ン゛庄の同學將近十个，阮放學攏會な行なすン`，撿土かの蓮霧吃，路邊な゛有野生の香果就用石頭けん，な゛是出細冬あ桂竹筍（註1），阮攏えん゛路行えん゛路あト，轉來到厝攏あト真ャちェ′。

　　讀小學の時つん，會記トぢ有一ま゜ィ`一个老師教訓阮這ャえ同學，叫阮要認真讀書，尤其是づワ゛樟湖（註 2）の阮，因為阮づワ゛しオん゛遠。伊講你ん爸爸媽媽ゐ山頂行到水底寮（註 3），こ゜坐車到梅山買米買菜擔轉去山頂，你んこ゜ゐ山頂帶便當行這ャに遠の路來讀冊，所以要比別人こ゜か認真才對。

　　講到行路這ィ項だィ゛誌，想著ど真ャ趣味。か早早ィ時去讀冊，落き゜ヤ′阮是兩かム`

做一步跳，感覺真輕鬆。看著去爬山の人腳攏みﾟみﾟすﾟワ⊙，阮感覺真ャ奇怪。後來阮搬來街あ了後，經過一段時間こﾟ轉去山頂，爬きﾟヤˊ是無什み，むこﾟ落きﾟヤˊ腳すワま會みﾟみﾟすﾟワ⊙，彼の時つん才體會著原來是か早阮行慣しあ。

　　想著過去細はんの種種，感覺か早の生活な會彼ャに艱苦，かﾟちムまの囝あ比起來真是天差れ地，むこﾟ經過か早の磨練，ほヲ我有む驚吃苦の精神。因為家庭困苦，囝あこﾟちェˊ，阮只有讀基本教育，所以一直攏是做勞力のかンくヱˇ。雖然教育程度有か低，むこﾟ做だイ誌の態度むばトほヲ人嫌過，因為ばト經過艱苦の日子，阮ちムま才會更加珍惜每次工作の機會，我ま真ャ感恩現在平順の生活。

註1：細冬あ桂竹筍，む管土地是什み人え，
　　　任何人攏會さイ去あト⊙。
註2：樟湖是我づワˇの庄頭。
註3：我の小學學校ぢ水底寮。

（中文翻譯）
（三）小時候的我

陳品妘

　　我是生長在山上的小孩，從出生到國小畢業一直都住在山上，對現在的我們來說，山上空氣好、水質好，又有自己飼養的畜牲，也有自己種的青菜水果，是人間仙境才對。不過搬到山下住四十幾年了，還是感覺住這裡比較方便，可能是住習慣的關係吧。

　　小時候我爸爸從事製作粗紙的工作，都是用手工製作，用桂竹的幼竹加石灰浸爛，然後用石輪壓碎做成紙漿，紙漿用手工撈起鋪平，還要一張張的撕開，再拿去曬太陽，曬乾整理整齊就可以賣給商家做紙錢。曬紙是成年人的工作，紙曬乾之後我們這些小孩就要幫忙去收，那時傻傻的我們總是希望烏雲趕快來，這樣大人就會趕緊來一起收，如果來不及收，紙就會被雨淋濕而前功盡棄了。

　　不知是製作粗紙的人太多，還是我爸爸比

較不會行銷，紙沒有天天製作。更遠的山上如果有扛杉木的機會，我爸爸都會和庄內的人一起去扛，有時候我也曾經跟在大人的後面扛一支比較小的，也是扛得上氣不接下氣。

四、五月是出產桂竹筍的季節，剛長出來的竹筍都是摘來吃的，等到一段時間就長成竹子，竹子的外殼會一片一片的掉下來，我們就去撿這種葉子回來，這種葉子比較大比較硬，可以用來包粽子，回來將它曬乾就可以拿去賣。

以前山上沒瓦斯可用，不管煮飯、煮菜還是燒熱水都要用柴燒，我們如果有時間就要去撿柴。好笑的是記得有一次，因為奶奶釀的李子酒的李子很好吃，吃了幾顆之後去竹林撿柴，因為李子中有酒精的成分，竟在竹林睡了一陣子。

秋天天氣比較涼爽以後都會種菜，拔草、澆水這些輕鬆的工作都是我們小孩要做的，因為大人非常忙。

我讀小學的時候，馬路還沒有開通，都是用走路的，走到學校需要一個多鐘頭。有一半

的路是階梯，另外一半的路比較平，但是沒有鋪柏油。早上去學校時是下坡都是用跳的，我們都把兩個階梯當做一步來跳，走到學校將近一個鐘頭。若是放學就要爬坡，要走一個半小時。當時和我住同一聚落的同學將近有 10 人，我們放學時都會邊走邊玩，撿地上的蓮霧吃，路邊如果有野生的香果就用石頭把它打下來，如果有細冬的桂竹筍（註 1）我們就邊走邊摘，回到家都摘了很多。

讀小學的時候，記得有一次有一位老師教訓我們這些同學，叫我們要認真讀書，尤其是住在樟湖（註 2）的我們，因為我們住最遠。他說你們爸爸媽媽從山上走到水底寮（註 3），再坐車到梅山買米、買菜然後挑回山上，你們又從山上帶便當走這麼遠的路來讀書，所以要比別人更加認真讀書才對。

講到走路這件事，想起來就覺得很有趣。以前早上去讀書，下坡時我是把兩個階梯當作一步來跳，覺得很輕鬆。看那些爬山的人腳都會發抖，我覺得很奇怪。後來我搬到街上之

後，經過一段時間再回到山上，爬坡時還不覺得甚麼，但是下坡時也是腳會發抖，那時才體會到原來是以前我已經走習慣的關係。

想起過去小時候的種種，感慨以前的生活怎麼會那麼辛苦，和現在的小孩比起來簡直是天壤之別，不過經過以前的磨練，讓我有不怕吃苦的精神。因為家庭困苦，兄弟姐妹又多，我只有讀基本教育，所以一直都是從事勞力的工作。雖然教育程度比較低，不過做事的態度從來都沒被人嫌過，因為曾經歷過艱苦的日子，現在才會更加珍惜每次工作的機會，我也很感恩現在平順的生活。

註1：細冬的桂竹筍，不管土地是甚麼人的，任何人都可以去摘。

註2：樟湖是我居住的聚落。

註3：我的小學位在水底寮。

（四）生活中のペト步

蕭義崧

　　有だン時咱なˇちムちオコかˇ注意，ど會悟著一くˇワ真ャ好のペト步。しˇ像講有一遍，我看著理化課本有一段話あんね講：「鈣質のみ件どンˇ著酸會分解掉。」我想起嘴齒ま是鈣質組成え，あんね咱なˇ食著酸性の食物，かˇムむ是會傷害著嘴齒？

　　想到這ャ我會さイ講驚一ぢョˊ，なˇ是像あんね年久月深以後，嘴齒ど蛀去ろヲ！事實上這ど是蛀齒の原因，咱かˇ想看まイ，酸性きˇヤフぢ嘴齒，每一日攏將嘴齒の鈣質分解一すトあほヲ伊無去，あんね一兩だン了後，嘴齒當然有可能會蛀が真ャ大孔。

　　了解蛀齒の原因了後，だコ遍我なˇ是有食著酸性のみ件，しˇ像講柳丁、鳳梨，食了一定すヰˊ飲一嘴くˇん水，將きˇヤフぢ嘴齒の酸性かˇ伊沖掉。

　　むこˇ進一步來講，有えみˇ件雖然無酸

性，像講有甜味の食物，き°ヤフぢ嘴齒了後，細菌ぢ 5 分鐘內會將糖分轉變做酸性，あんねま會造成蛀齒。澱粉質のみ件大約 10 分鐘左右，ぢ細菌の作用之下會轉變做酸性。大部分の食品な゛む是有糖分無ど是有澱粉質ぢ裡面，所以我早ど養成一个習慣，食任何み件了後，一定す开´飲一嘴く°ん水。三十幾だン來，這ィ个習慣使我の嘴齒每一齒攏真ャいオン`，好好無蛀齒。嘴齒の好壞影響一个人の生活品質か°健康真ャ大，所以這个顧嘴齒のペト步，你講是む是真ャ重要？

ちムまこ°來講另外一个ペト步。我少年の時つん去做兵，ぢ兵營裡面，だコ日攏要穿鞋穿ぶ工´あ，到了晚時所有の人のぶ工´あらム゛らム´做一伙送去洗衫店洗。洗好送轉來の時，ま認未出づ工一雙是か°己のぶ工´あ，だコえ人攏し°んさ°イて゛一雙來穿。結果退伍了後，十个人中間，しヤン゛無八个人有香港腳，我ど是其中一个。

染著香港腳の痛苦，無這種症頭の人絕對

無法どヲ體會，有だン時伊會ほヲ你癢が睏未
去，有だン時因為しユソ´過癢，ほヲ你未だン
專心做かンくヱ˘。

　　雖然我有抹藥膏，むこ°效果攏無しヤソ
好。有一か°ン我想起國中の健康教育課本有一
段話あんね講：有一个人伊ぢるワ˘天燒とンと
ン˘の沙灘たウぢン˘行路，轉去了後，伊發現
伊の腳未こ°癢あ，而且經過幾あ˘こ°ヲ月雙腳
攏無癢の困擾，原來香港腳已經好去あ！

　　課本這ィ段話ほヲ我悟著一个ペト步：香
港腳のバイキ°ん是驚燒え！我馬上做一个實
驗，ひヤソ´一こ°ヲ燒水，倒入一个桶あ裡
面，たウ˘一く°ワ冷水，ほヲ燒水まイ`しユソ´
燒，然後將雙腳こン入去桶あ浸ぢ燒水裡面，
要こ°不時加燒水，ぢ腳會だン忍受の範圍，水
溫る高る好。就あんね浸差不多 20 分鐘，果然
從此以後，我の腳むばトこ°癢過，也就是講我
の香港腳已經好去あ！這ィ个ペト步ほヲ我輕
鬆解決香港腳の問題。

　　有時か°ん單透過思考，咱ど會だン想著一

くˍワペト步。しˍ像講：想ベ加強英語の聽力，むこˍ時間無夠用，あんねベあん怎？為著節省時間，咱會だンˋぢ一段時間同時來做兩項だイ誌。所以行路運動の時つんしんˇすワˋ聽英語の「光碟片」ど是一个真ヤ好の辦法。幾あだン來我ど是あんね做，すˍヱˇ一間か大間の房間，一面來回行路，一面聽「播放機」放出來の英語。這ィ幾だン來，我感覺我の英語聽力進步未ちヨˋ，這ィ个ペト步ほヲ我節省大量の聽英語の時間。

　　なˇあんね講，是む是食飯の時つんま會さイ一面食一面看報紙，來節省看報紙の時間？無むぢヨ⊙，なˇ是かˍん單かˍ己一个人食飯，我ど是あんね做！あなˇこウˊ便所の時つんれ，會だンˋ做什み？

　　什み？你講べるˋ手機あ？ま是會さイあ！むこˍ出來便所了後，ど要減少るˋ手機あの時間，這ィ个做法才有意義を！

孩子的母語越多種，智力發展越優越

現在有很多父母親在家中只和孩子講國語（華語）而不講台語，使得現在的孩子大都只會一種語言——華語，而使孩子失去原本可以提高智商的機會，大大的影響孩子的前途，真是可嘆！

心理學家在研究兒童的智力發展時，發現能運用越多種母語的孩子，平均智商越高。

母語是指在生活中能運用自如的語言，例如父親為客家人，母親為河洛人，如果她們的孩子從小就從父母親學到客語和河洛語（台語），而且在生活中能運用自如，我們就說這個孩子會兩種母語。

也可以說，母語就是在思考時所使用的語言，以中年河洛人來說，由於教育背景的關係，一般在思考時都能運用北京語及台語，因

此母語有兩種。

　　雖然現在台灣的孩子普遍從小孩階段就開始學習英語，但實際上罕有孩子能在生活中很自然地講英語，或者運用英語思考，所以英語不能算是孩子的母語。

　　根據腦神經學家的研究，通常人的一生，動用到的腦細胞不到兩成，若能讓動用到的腦細胞增加，就能提高智商，一個人若是從小就會兩種母語，則平均來說，他的智商會比只會一種母語的孩子高，這是因為學兩種母語，會動用到比較多的腦細胞，而腦細胞的使用量越多智商就越高。

　　住在美濃的客家人就是一個很好的例子，很多人都認為他們的平均智商是全國最高的，因為美濃人中獲得博士學位者迄今已超過三百位（根據美濃「博士學人協會」的統計），如按照美濃人口不到五萬來計算其博士比率，則居於台灣各鄉鎮市中的第一名。事實上美濃素來就有一個美稱「博士之鄉」。

　　美濃是一個客家人聚居的鄉鎮，但四周卻

被河洛人鄉鎮所圍繞，由於這樣的地理環境，使得他們除了能運用客語也能講台語，再加上在學校中學到的華語，使得美濃人成為台灣少數會三種母語的地區。三種母語動用到的腦細胞比兩種母語又更多了，當然美濃人的平均智商也就比其他地區更高，以至於博士比率也高居全台灣第一！

現在有很多河洛人，在家中只和孩子講國語（華語），而不講台語，因為他們深信，孩子學了台語之後，會干擾到國語的學習，因而使功課變差，功課變差了之後則前途當然也就變黯淡了。但是他們卻不了解，其實兒童學習語言的天賦都很強，不要說學兩種語言，就算學三種語言，甚至五種語言，也不會彼此干擾，我曾去過美濃，發現他們的華語和台語都講得很好，並不比外地人差，這就表示他們的客語並沒有干擾到華語和台語的學習。

父母的過度關心和不必要的擔心，使得現在的孩子大都只會一種語言——華語，而使孩子失去原本可以提高智商的機會，大大的影響

孩子的前途，真是可嘆！這是父母親對孩子「愛之適足以害之」的一個例子，其他的「愛之適足以害之」的例子不勝枚舉，例如對孩子的功課，以處罰代替獎勵，使孩子越來越厭惡讀書等等，不過這不在本文討論的範圍。

很多數學教師都指出，在二十年前，一題很普通的幾何證明題，從前的學生大都能理解的題目，現在大部分的學生都覺得很難。像這種孩子的數理能力較從前下降的現象，當然還有其他因素，但不可諱言，現在的孩子只會一種語言，以致失去提升智力的機會，顯然是一個很重要的原因。

現在有些父母聽到專家的警告，已警覺到這個因素，而開始和其子女講台語，但如果其子女已超過 12 歲，則效果將會大打折扣，因為此時學習語言的黃金時期已經過去，而且腦細胞間的神經連結幾乎都已完成，因此提高智商的效果也就大打折扣了。以學習多種母語來促進智商的提高，應該越早期越好。

天下第一奇文——心經

　　如果能瞭解心經所說的道理，就能減輕人生中的許多苦痛。

　　如果要選天下第一奇文，那麼**心經**可以當之無愧！因為心經全文讀來充滿了空靈的氣韻，而且雖然只有短短兩百多字，卻包含了很多佛法的重要概念，幾乎可以將心經當成佛法概論來看。更重要的是，如果領悟心經，就能除去人生的苦痛！因為在最後一段經文中說：

　　「**般若波羅蜜多能除一切苦，真實不虛。**」

　　人生在世有種種的苦痛，而心經告訴我們，人生的苦痛利用**般若波羅蜜多**是可以除去的！這是多麼震撼人心的宣告呀！佛陀是不打誑語的，所以這樣的宣告才會如此震撼！在崎嶇的人生道路上，誰沒有苦痛？有什麼比解除

人生的苦痛更使人期盼？心經能提供離苦之道，因此說它是天下第一奇文，誰曰不宜？

心經提到的**般若波羅蜜多**是什麼？真能除去人世間的一切苦痛嗎？人生在世，生老病死，甚至生離死別以及種種的災難造成的悲苦，都能由**般若波羅蜜多**除去嗎？如果你相信佛陀不打誑語，那麼請好好地將本文從頭到尾看一遍：例如什麼是**般若波羅蜜多**？什麼是**五蘊**？什麼會**不生不滅**？為何**般若波羅蜜多**能除一切苦等等，這樣你對心經有所領悟之後，將會減輕很多的苦痛。如果你沒有時間仔細看完本文，那麼至少將本文的**心經白話翻譯**反覆多看幾遍，白話翻譯淺顯明白，多看幾遍，也可以從中獲得許多領悟，從而減輕自己心中的煩惱和痛苦。

心經一開始就提到：「觀自在菩薩進入很深的禪定時，照見到自我是空相，所以不再有我執，因此一切的苦都消失了。」所以要除去苦痛，除了研讀經文之外，若能修禪定效果會更好。佛法的「三無漏學」就提到**依定發慧**。禪

定不但使我們得到「**禪悅**」的快樂，也能啟發我們的智慧，這種由禪定產生的**無漏智（般若智）**，使我們減輕很多人生的苦痛。

心經原文

觀自在菩薩行深般若波羅蜜多時，照見五蘊皆空，度一切苦厄。舍利子，色不異空，空不異色，色即是空，空即是色，受想行識亦復如是。

舍利子，是諸法空相，不生不滅，不垢不淨，不增不減。是故空中無色，無受想行識，無眼耳鼻舌身意，無色聲香味觸法，無眼界，乃至無意識界。無無明，亦無無明盡，乃至無老死，亦無老死盡。無苦集滅道。無智，亦無得。

以無所得故，菩提薩埵，依般若波羅蜜多故，心無罣礙，無罣礙故無有恐怖，遠離顛倒夢想，究竟涅槃。

三世諸佛依般若波羅蜜多故，得阿耨多羅

三藐三菩提。故知般若波羅蜜多是大神咒，是大明咒，是無上咒，是無等等咒，能除一切苦真實不虛。故說般若波羅蜜多咒，即說咒曰：揭諦揭諦，波羅揭諦，波羅僧揭諦，菩提薩婆訶。

心經是**般若波羅蜜多心經**的簡稱，是大乘佛法中般若思想的中心，也可以當成佛法概論來看，因為很多佛法的重要觀念在心經中都有，例如：**五蘊、四聖諦、十八界、十二因緣、戒定慧、無明、涅槃**等。聽聞佛法的目的在於得到智慧，**只有得到智慧之後，才能逐漸達到開悟的境界，而得到真正的解脫和自在。**

世上唯有佛法能夠真、善、美三者兼具。例如佛法說**輪迴**，經過證實的案例已有數百例，可知**佛法說的是宇宙的真相**；佛法講慈悲，很多佛教徒都積極從事社會救濟，並幫助不少弱勢家庭．佛教比其他宗教更進一步，勸人勿殺生，勿食眾生肉，實為極慈悲的至善之教也！佛法中的許多理論，都充滿了邏輯和哲

學之美，尤以**唯識論**為然，西方哲學與其他各教教理，若與佛法相比絕不如**佛法的圓融**。

心經總共有七個中文版本，都是由印度的梵文翻譯而來，最初的譯本是西元 402 年南北朝時由**鳩摩羅什**翻譯，第二個譯本是西元 649 年由唐朝的**玄奘**大師翻譯，也是現在流通最廣的版本。

心經是在闡明一切**眾生都有一個真實不壞心**，這個真實不壞心就是**如來藏**亦即**阿賴耶識（第八識）**，第八識真心本是不生不滅，祂是萬法的根源，一切萬法，例如山河大地等等皆依第八識而生、而滅，因此說一切法是**緣起性空**，皆為**生滅法（緣起法）**，但萬法之源的第八識自無始以來即已存在，其心體稱為**真如**，並無變異，故為常住法。

世尊說法四十九年總共三**轉法輪**，初轉法輪是在宣說解脫道法義，代表經典為**四阿含諸經**，在這些經典中尚未提到**阿賴耶識及末那識**。第二轉法輪說如來藏的空性及實相般若，代表經典為般若系諸經，例如**心經**及**金剛經**。

第三轉法輪說阿賴耶識（如來藏）所含藏一切
種子及增上慧學，代表經典為**唯識系諸經論**，
例如**解深密經、成唯識論、唯識三十論**等。

　　**由此可知佛法的精華在於如來藏。六祖壇
經**中有一段話提到六祖慧能在開悟時驚喜地
說：「何期自性本自清淨！何期自性本不生滅！
何期自性本自具足！何期自性本無動搖！何期
自性能生萬法！」這裡說的自性就是如來藏。
按照禪宗的方法開悟時，都能照見如來藏現
前。因此那些否認有如來藏的人，都是還沒有
開悟的人。

　　若能領悟心經的含意，並依教奉行，將能
解除我們人生的苦痛，因此心經最後的結論才
會說「能除一切苦，真實不虛」。但依心經所
說，要除去苦痛的前提是要有般若智，**般若智
就是無漏智**。無漏智越增長，能除去的苦痛越
多。般若與世間一般的聰明才智不同，聰明才
智常用來作利益的算計，但也常因此心有掛
礙，導致更多的苦惱。而般若卻能解除苦惱，
與世俗的智慧不同，因此雖然「般若」在梵文

中是智慧之意，但在佛經中都不將「般若」譯成「智慧」，仍照梵文的原音寫成「般若」。

　　要如何才能得到般若智？按照小乘佛教的說法，必須修習**八正道**。按照大乘佛教則必須修習**六度**，就是**布施、持戒、忍辱、精進、禪定、智慧**，六度比八正道多一個布施。大乘佛教將八正道歸納成**戒定慧**三無漏學。八正道中的正業、正語、正命屬於戒，正精進、正念、正定屬於定，正見、正思維屬於慧。

　　茲將八正道的內容說明如下：

正見：正確的知見。明白因緣果報、緣起性空、四諦、**三法印**等，即稱為正見。修行最重要的就是要有正見，是故正見列於八正道之首。

正定：心寂靜不動，還要了了分明，就是正定。

正念：心不散亂即為正念。只起善念不起惡念。

正精進：勤修戒、定、慧、六波羅蜜。

正業：身業清淨，即不殺生、不偷盜、不邪淫。

正語：口業清淨，即不妄語、不誹謗正法。

正思惟：意業清淨，即所思所想皆離一切惡法。

正命：從事正當的職業。

　　三無漏學有其次第：**依戒起定，依定發慧，依慧得解脫**。戒就是不殺、不盜、不淫，身、口、意清淨。犯戒的人，若不懺悔，不能得定。依定發慧的慧是指般若智（無漏智），必須有相當的正見，才能依定發慧，因此要多聽聞正法並加以理解。

　　禪定功夫越深，產生的**禪悅**也越強，進入深定的人，常會陶醉於深定的內樂中。禪定至一定的境界之後，會引發**神通**，神通有六種：**他心通、宿命通、天眼通、天耳通、神足通、漏盡通**。

心經白話翻譯

　　觀自在菩薩進入很深的禪定時，照見到自我是空相，所以不再有我執，因此一切的苦都消失了。舍利子，一切的物質都是自性空，一切的因緣法都在空性中產生，因此物質就是空，空就是物質。前五識、意識、末那識和阿賴耶識也都一樣是自性空。

　　舍利子，這些五蘊、六根、六塵、六識等等一切諸法，都是因緣生起的現象，會有變異，幻生幻滅，只有萬法根源的如來藏真心，無始以來即已存在，不生不滅，無所謂汙垢或潔淨，不增加也不減少。在如來藏的空性之中，沒有五蘊、沒有六根，沒有六塵、沒有六識，因為這些都是生滅法。

　　也沒有從無明到老死的十二因緣，沒有十二因緣的還滅，沒有苦、集、滅、道四諦，沒有聰明智慧，也沒有得或失。由於沒有得失，菩提薩埵依照般若的無漏智，心中沒有掛礙，沒有掛礙的緣故，不會患得患失憂懼不安，不

會顛倒地把生滅無常的事當作是實法，把無我的自身認為是實我，這樣就能去掉法執和我執，出離三界的煩惱生死苦海。

過去、現在與未來諸佛，都要依靠般若的無漏智，才能得到無上正等正覺而成佛。般若的功用既然如此神妙，那麼不就可以將般若看成是一種大神力嗎？般若不就好比是大明咒，能破除一切黑暗愚痴嗎？般若也好比是無上咒、超絕一切的咒，確實可以除去眾生一切痛苦，真實不虛。因此就把〈般若波羅蜜多咒〉宣說出來：「揭諦揭諦，波羅揭諦，波羅僧揭諦，菩提薩婆訶。」

註釋

1.第一句話翻譯成：觀自在菩薩進入很深的禪定時，是採用《心經》的第三個版本（西元739年法月法師翻譯），此版本並明說其禪定為**慧光三昧定**，是境界很高的禪定。

請注意，觀自在菩薩只照見到自我是空相

（我空），並未照見到山河大地也是虛幻的空相（法空）。是因他不是九地以上的菩薩。

當修行至究竟位（佛位）時，**阿賴耶識**會轉變成**大圓鏡智**，此即**轉識成智**，故阿賴耶識也具有空性。

2. **般若**就是**無漏智，波羅蜜多**是到彼岸之意。

3. 照見：直接看到或經驗到，不是推理才知道．例如**緣起性空**就是一種推理，並不是直接感受到空性。

4. **五蘊**就是色蘊、受蘊、想蘊、行蘊、識蘊，是組成一個人的五個要素。按照聖嚴法師的說法：色蘊是指身體，受蘊是感受，想蘊是判斷，行蘊是意志，識蘊是阿賴耶識。另有一些法師，如斌宗法師和聖一法師等人則認為受蘊是指眼、耳、鼻、舌、身五種識，也就是視覺、聽覺、嗅覺、味覺、觸覺等五種感覺。想蘊就是第六識，行蘊就是第七識，識蘊就是第八識。但按照《百法明門論》的說法又有不同，例如受蘊就是「受心所」，想蘊就是「想心所」，行蘊共包含 73 個心所，

識蘊是指「眼、耳、鼻、舌、身、意、第七識、第八識等八個心王」，這種說法太複雜。但不管哪一種說法，五蘊都是指自我。

5. 苦厄：苦是痛苦，厄是災難。

6. 舍利子就是舍利弗，是佛的十大弟子之一，在弟子中智慧第一。

7. 空不異色：按**中論**：「以有空義故，一切法得成，若無空義者，一切法不成。」因此一切的**因緣法**，都在空性中產生，這就是空不異色。眾生、山河大地、輪迴、果報、天堂、地獄等等都是因緣法。

8. 眼、耳、鼻、舌、身、意稱為**六根**，就是眼睛、耳朵、鼻子、舌頭、皮膚、大腦。色、聲、香、味、觸、法稱為**六塵**，色塵就是物體的形狀和顏色，聲塵是聲音，香塵是香與臭等等氣味，味塵是酸、甜、苦、辣、鹹等味道，觸塵是滑澀、軟硬、溫涼等性狀，法塵是語言和各種符號。

9. 眼界就是眼識界，意識界就是意識。

10. **六識**就是眼識、耳識、鼻識、舌識、身識、

意識。亦即為視覺、聽覺、嗅覺、味覺、觸覺、思考。前五者構成五蘊中的「受」，思考就是五蘊中的「想」。

11.佛法中的「**法**」可分為**有為法**和**無為法**兩種，六根、六塵和六識總稱為**十八界**，屬於有為法，而**真如**、**佛性**都屬於無為法。

12.**十二因緣**就是「無明緣行，行緣識，識緣名色，名色緣六入，六入緣觸，觸緣受，受緣愛，愛緣取，取緣有，有緣生，生緣老死。」這樣稱為十二因緣的流轉，眾生就是這樣地在生死苦海中輪迴。若斷無明則行滅，行滅則識滅，以致生滅，也就是不再受生，而能脫離三界，這樣稱為**十二因緣的還滅**。

如來藏本就不生不滅，因此在如來藏的空性之中，沒有十二因緣的流轉和還滅，也沒有四諦。

13.**四諦**是小乘佛教的基本教義，就是**苦**、**集**、**滅**、**道**。苦是說人生有八種苦：生、老、病、死、求不得、怨憎會、愛別離、五蘊熾

盛。集是指苦的原因：人由於無始以來的**貪、嗔、癡**，而造作各種惡業，招引各種苦的果報。滅是說人生的苦，只要脫離三界就可以滅除。道是說脫離三界的方法，總共有**八正道**：正見、正思惟、正語、正業、正命、正精進、正念、正定。

14. **如來藏**是阿賴耶識的心體，是萬法的根源，能生一切法，但本身離一切見聞覺知，和智慧不相應。智慧是第六識（意識）的功能，也就是智慧只和第六識相應。

15. **菩提薩埵**就是菩薩的全稱。凡是發菩提心的人都是菩薩，菩薩的階位有很多種，《心經》一開始說的那位觀自在菩薩能進入深般若波羅蜜多，照見自我是空相，其階位甚高，是**修道位**中的**八地菩薩**。

   大乘修行人若修行到開悟，會照見如來藏現前，此時的階位是**見道位**菩薩，尚未到修道位。必須要**悟後起修**，無漏智增長之後，才能到達**初地菩薩**的階位。

16. **如來藏**是**常住法**，本來就是不生不滅，故沒

有得失。而且**人在命終之後，只有阿賴耶識不會消滅**，祂會根據其所含藏的善惡種子起現行，決定應得的果報，依此果報而去投胎。故其**福報是因為種善因所致，絕不會有僥倖的獲得**。而獲惡報也是因為種惡因所致，不會憑空而獲惡報。尚未開悟的修行人，從佛法中以其智慧了解這樣的道理，心就不會有掛礙。

何謂心有掛礙？例如聽到股價上漲了就趕快搶進，然後一天到晚擔心股價會下跌，這就是心有掛礙。若能經由智慧了解阿賴耶識是根據其所含藏的善惡種子起現行，沒有無端的得或失，就不會去買投機股，或根本就不會去買股票，心就不會有掛礙了。

但若尚未開悟，沒有照見阿賴耶識現前的經歷，則不會堅信阿賴耶識是根據其所含藏的善惡種子起現行，或根本就懷疑有阿賴耶識，這樣就會或多或少存有貪得之心，以致心有掛礙。

17.**三世諸佛**是指過去無始以來的諸佛如來。

18. **阿耨多羅三藐三菩提**意為無上正等正覺，也就是覺智圓滿。

19. 「是大神咒，是大明咒，是無上咒，是無等等咒」這四句是在形容般若的不可思議，因為它能讓眾生最後得到無上正等正覺而成佛！

20. 般若「能除一切苦真實不虛」可分幾個層次來說：十地菩薩的深般若修到覺智圓滿時，十地菩薩即能成佛，成佛後在「**常、樂、我、淨**」的涅槃中當然只有樂沒有苦。八地菩薩的深般若能照見五蘊皆空，也就是能親見自我是空相，連自我都消失了，自然沒有苦可言。**初地菩薩的般若（無漏智）往往已經引發宿命通，能知自己的前世甚至前幾世，而了知今世所受之苦皆是前世或前幾世所造的業所致，既知苦之由來，苦的感覺就會減輕許多。**還未到修道位的地前菩薩，若已到見道位，其般若將讓其親證如來藏，而對因果深信不疑，對所受之苦也就無怨尤，苦因而減輕。

21.「**揭諦揭諦，波羅揭諦，波羅僧揭諦，菩提薩婆訶。**」這個咒的含意是：「去，去，去到彼岸，大家到彼岸去，成就無上的佛果！」

後記

　　講解心經的書籍在市面上有很多種，再加上網路上有關的資料就更多了。我驚訝地發現，各家對於心經的詮釋出入甚大！更驚訝的是，雖然講解心經的書籍有 20 多種，但卻很少有附心經白話翻譯的版本！這些書都只是在做名詞解釋，而且講得很瑣碎。

　　因此我覺得有必要進行心經的白話翻譯，希望能將心經淺顯明白地寫出其含義。但正因為所有講心經的書都沒有附白話翻譯，沒有可以參考的書籍，而使翻譯的過程備感艱辛。而且各家對於心經的詮釋出入很大，例如光是「五蘊」就眾說紛紜（請參看註釋 4），實在不知要採取哪一家的說法？幸虧過去有一些研讀

佛經的經驗，深知**佛經是合乎邏輯的，因此以邏輯作為取捨各家說法的標準。**

在這個標準之下，翻譯出來的「白話心經」雖然和某些書上的心經白話翻譯有很大的不同，但我相信本文的翻譯最能貼近心經的原意。例如以第一句為例：

觀自在菩薩進入很深的禪定時，照見到自我是空相，所以不再有我執，因此一切的苦都消失了。

幾乎我所看到的心經白話翻譯，第一句都沒有提到「進入很深的禪定」。幸好我曾看到心經的第三個版本（西元 739 年法月法師翻譯），此版本並明說其禪定為**慧光三昧定**，是境界很高的禪定。從這個版本我才相信第一句這樣翻譯「觀自在菩薩進入很深的禪定」才是對的！

又例如心經這句：「**不生不滅，不垢不淨，不增不減。**」

會有生滅的一定是**因緣法**，不生不滅的是**常住法**（請參看註釋 16），所以按照邏輯來說，心經這句「不生不滅，不垢不淨，不增不

減」就是在說**如來藏**。這裡採用平實居士的看法。

　　因此本文的白話翻譯有提到「**如來藏真心**」，並開宗明義地提到：心經是在闡明一切眾生都有一個真實不壞心，這個真實不壞心就是**如來藏，是阿賴耶識（第八識）的心體**。別家的心經詮釋，幾乎都沒有提到如來藏，這是嚴重的疏忽！

隸書心經

叔本華哲學與佛學

　　叔本華說：「人生就像一個鐘擺，擺盪在痛苦和空虛無聊之間。」1966 年出版的《野鴿子的黃昏》作者，台大醫學系學生王尚義說，他每次看叔本華的著作，在透析人生的本質時，總是不禁一面流淚，一面閱讀。

　　在所有西方哲學家中，最有感動力的，非叔本華莫屬，因為他的哲學對人生的本質，闡述得極有見地。而其他的哲學家，大部分都只是在談所謂的「本體」和「現象」，這樣對一般人來說，當然也就不會有感動力了。對於人生，他透過種種極具說服力而且生動的分析，告訴我們人生是苦！

　　這樣的結論，不是和佛教完全一樣嗎？佛教認為人生苦多於樂，因為人生的苦太多，共有八苦。八苦之最大者為「死苦」，其他七苦

是：生苦、老苦、病苦、求不得苦、愛別離苦、怨憎會苦、五蘊熾盛苦。

佛經中這種條列式的寫法，比較無法讓人對「人生是苦」有深刻的感受。而叔本華的敘述方式，感動力就強多了！《野鴿子的黃昏》作者王尚義說，他每次看叔本華的著作，在透析人生的本質時，總是不禁一面流淚，一面閱讀，好像有一位老人，就在他的面前，和藹地看著他，並用手輕撫他的頭頂安慰他。

叔本華哲學對人生的分析是很精采的，足以作為佛教「人生是苦」最好的補充。佛經對於八苦中的「**五蘊熾盛苦**」並沒有多少說明，叔本華對此卻有極為深刻的分析，經過他的分析，使我們明白，原來「五蘊熾盛苦」也是一種很大的苦！

叔本華說：「**人生就像一個鐘擺，擺盪在痛苦和空虛無聊之間。**」因為對沒有錢的人來說，每天都必須為三餐而奔波，自然是痛苦；而對有錢的人來說，雖已不需要為三餐而奔波，但空虛無聊卻會跟隨而來！所以叔本華斷

言，人生不是痛苦就是空虛無聊！

　　根據他的看法，生命的過程就是不斷地奮鬥，以維持自身的存在，這就是生命的本質。一旦自身的存在可以確保無虞，由於不再需要奮鬥，這時生命必然會陷入空虛無聊之中。

　　富有的人若是不再為事業而奮鬥，將會空虛無聊，無論他如何使用金錢去享樂，但最後總會再度陷入空虛無聊之中。因為叔本華說，其實「擁有」本身並不會帶來什麼快樂，只有在追求的過程中才有快樂，等到擁有時，快樂也就悄悄地離開了。

　　我有一位鄰居，長久以來就夢想著要有一棟豪華別墅，裡面要應有盡有，包括游泳池、健身房、百萬音響等等。後來他在商界賺到了很多錢，就拿這些錢去蓋一棟豪華別墅，來實現他的夢想。但是不久之後他就漸漸地感覺，擁有一棟別墅也只不過如此而已，他很奇怪才剛擁有時的那種快樂怎麼消失了？

　　是的，擁有的快樂是短暫的，不論擁有什麼都是一樣，這是叔本華說的。

　　陳之藩有一篇感人至深的文章，叫做〈寂寞的畫廊〉，敘述他曾經寄宿過的一棟別墅的故事。屋主是一位擁有巨額財富的老婦人，居住在一棟豪華的別墅中，樓下是鋼琴、壁爐、厚絨的沙發等等，點綴得典雅而大方，屋外是一片美麗的庭園。兒女一年難得回來一次，「只有每年的聖誕節，才盼得到兒女的聖誕卡和雪花一起飛到房裡來。」除了春天的鳥聲和秋天的蟬聲，在這座別墅中再也沒有別的聲音。陳之藩說：他看不出有誰比這位老太太更幸福，但也看不出有誰比這位老太太更寂寞！

　　可見內心的空虛無聊也是一種苦。不但是一種苦，而且是很大的痛苦！有過這種體驗的人都知道，那種百無聊賴悶得發慌的感覺，有時就像一條蛇，不斷地在囓咬著你的心。

　　有人說，這是因為這位老太太沒有朋友的緣故啊！如果她有幾位知心好友常來找她，也不會這樣地寂寞無聊。但是在人生當中，知心朋友是可遇而不可求的，並不是人人都能擁有。更何況，要把解除寂寞無聊寄託在朋友的

身上，往往只會帶來失望。因為如果你語無新意，心靈也未成長，每次說的都是那些話，絮絮叨叨，朋友聽久了也會厭煩，漸漸就沒有人再來搭理你。

以上所說聽起來有一些悲觀，因為有很多人日子也過得很快樂啊！但是如果你深入去了解這些「過得很快樂」的人們，將會發現實際上他們也有很多不如意的地方，他們也都「家家有本難唸的經」。

然則，人生能過得既不必為三餐而奔波，也不空虛無聊嗎？

有一些人說他的工作剛好就是他的興趣，所以做起來又起勁又快樂，哪有什麼痛苦？但是工作再有趣，如果日復一日，年復一年，都做同樣的工作，也會變得越來越厭煩。就好像請你每餐都吃一樣的菜色，即使是珍饈美味，最後也會讓你食不下嚥。

有些人的職業，像藝術家、作家、教授等，工作內容變化很豐富，自然沒有「重複」的煩悶感，所以他們應該過得很快樂了？問題

是此時他們卻要面臨另一種「強迫創作」的痛苦，例如教授都要定期研究「創作」出一篇論文，並且要能夠刊載在有分量的學術刊物上，這種必須「定期」創作的痛苦，非身歷其境者絕無法體會。藝術家和作家的創作本來是很快樂的，可是為了生活而創作就毫無樂趣可言了，你能想像報社編輯來催稿，明天就要截稿，但寫到深夜尚在搜索枯腸的那種痛苦嗎？

所以刻板的工作帶來煩悶的痛苦，創造性的工作又帶來「搜索枯腸」的痛苦！

等到終於熬到退休，再也不必工作了，這時「快樂」就來臨了嗎？按照叔本華的說法，此時「空虛無聊」又會像一頭怪獸般，無情的向你襲來！

這怎麼會呢？有一些人說，雖然不再為生活而奔忙，但空出來的時間仍然安排得很充實啊！從不覺得空虛無聊。例如出國旅行、看電影、唱 KTV，找朋友串門子等等。

以上這些消遣就能化解空虛無聊嗎？關於觀光旅行，有一位作家曾經在他的文章中這樣

寫道：「我走到西門町，彷彿走入一片水泥叢林，熙來攘往的人群，卻使我的內心越來越感到寂寞……」喜愛旅行，幾乎走遍全世界的作家三毛，最後仍不免因落寞而選擇以自殺來結束自己的生命，可見旅行也醫治不了空虛無聊！

看電視、電影又如何？影片剛看完，才走出劇院門口，「曲終人散」的空虛感覺立刻又襲上心頭了。

串門子聊天？不幸又常碰到一些自吹自擂的，要不然就是向你訴苦的，怨天尤人的，絮絮叨叨毫無新意兼沒水準的，話不投機的，使你聊天之後更加鬱卒！

至於等而下之的吃喝嫖賭就更不用說了，以喝酒來說，常言道「飲酒解愁愁更愁」，所以喝酒並非對治空虛無聊的良策。而且酒喝多了必然傷身，酒醉還會亂性，酒後傷人的新聞常在報紙上看到。最近報導的檢察官喝花酒被撤職，以及警官酒後開車撞死人，都可看出飲酒招來的禍端。可見這些滿足肉體欲望的消遣，

往往只會招來更多的痛苦而已。

　　所以有不少退休人員，每月有退休金可領，三餐已不成問題，但空虛無聊卻漸漸乘虛而入，像一個隱形殺手，嚴重地摧殘其身體健康。常聽到有些人退休後不到幾年，健康立即嚴重惡化，隨而「駕鶴西歸」，殺手正是「空虛無聊」！

　　所以，「空虛無聊」能說不是自古以來，很多人所須面對的一個大問題嗎？這種「空虛無聊苦」正是佛經中說的「五蘊熾盛苦」的一部分。五蘊熾盛苦還有其他的部分，例如身體被刀槍所傷引起的痛苦，過冷、過熱對身體的苦等等。

　　若是我們對「空虛無聊苦」有深刻的體會，我們就應承認：「五蘊熾盛苦」也是人生中很大的痛苦。

我們的內心像大海

　　正如「夢」是第七識編出來的故事，睡醒時才知所有的夢都是虛幻；同樣地，人也要等到明心見性，有了相當的證量之後，才會知道我們過的這一生全部都是虛幻，只不過是我們的第八識編出來的故事罷了。

　　在**佛洛伊德**發表「潛意識論」之前，一般人都認為「意識」就是我們內心的全部，意識能夠感受到喜怒哀樂，也能夠思考和推理，並做出適當的判斷。然則我們的內心就只有意識嗎？佛洛伊德從「夢」的現象推斷，認為我們的內心除了意識之外，其實還有「**潛意識**」的存在！

　　當我們在睡覺的時候，怎麼會作夢？那時候「意識」明明已經睡著了，可是我們怎麼還能「遊歷」在如真似幻的夢中世界呢？這絕不

是一句「日有所思，夜有所夢」就能解釋得清楚的。佛洛伊德認為：**這個夢中世界就是「潛意識」創造出來的！**

我們在夢中，絕不會知道當時是在作夢，總是以為處身在真實的世界中，只有在醒來時才發現一切都是假的、空幻的。根據統計，我們醒來之後所知道的夢境，其實不到我們夜裡夢到的百分之一，這更加可以證明「作夢」確實不是意識的作用，否則為何醒來後，大部分的夢境自己都不知道？還有，「意識」編出來的故事，我們都知道是假的，就算是金庸編寫出來的武俠小說，即使他編得如此精采，任何人都知道根本不是真的。但是當我們在夢中時，卻覺得夢中的景物都很真實，既然「意識」無法看出夢境是假的，可見「夢」確實是由「潛意識」編造出來的「故事」！

由「催眠術」也可以證明潛意識的存在。從很多個案顯示，當一個人被催眠回到幼兒時期時，他可以講出當時所發生的瑣碎事務。例如媽媽如何拿給他餅乾，然後他玩哪一種玩具

等等。這些瑣事,「意識」早已忘記,但在「潛意識」中,卻鉅細靡遺地保留著。

在二十世紀初,佛洛依德提出「潛意識說」之後,不但轟動了科學界,連文學界、藝術界甚至哲學思潮都深受其影響。而他也因而被公認為最有開創性的心理學家。

除了作夢之外,在日常生活中,潛意識還扮演了很多重要的角色,譬如開車就需要潛意識,你在開車時還需要去注意煞車或喇叭按鈕在哪裡,以及如何操作嗎?當然完全不需要,一路上你的意識都放在欣賞音樂,或者和同車的朋友交談上面,並未注意到自己正在開車的事。當你覺得要再開快一些時,你的腳自然會移到油門上加油,全然不需要你去注意腳要移到何處。這就是潛意識在幫你開車!初學開車的人,並無潛意識幫忙運作,所以一面開車,還要一面注意煞車或油門在那裡,腳何時要踩下去等等,開起車來不但很累,也很危險。

潛意識也比意識更有智慧,我們常有一種經驗,有些苦思冥索很久仍不得其解的問題,

當我們不再理它時，卻突然靈光一閃，內心迸出一套解決妙法！這都是潛意識「想出來」的。但要注意的是，當意識在活動時，潛意識反而不易運作，一定要等意識放鬆下來，不再思考了，潛意識運作的效能才會增強。所以一個人的「靈感」往往在放鬆的時候反而容易得到。

最有名的就是阿基米德在洗澡時，悟出「浮力原理」的故事。國王交代他：如何去判斷金冠中，有沒有包藏其他的金屬？阿基米德曾經想了一段日子，就是想不出來。想不到有一天在洗澡，意識放鬆下來的時候，突然「心血來潮」，想出了一個絕佳的妙策：只要把金冠浸入水中，再量溢出的水的體積，就知道是不是純金冠了。顯然這是他的「潛意識」想出來的妙策，因為當時他在洗澡，並沒有思考這個問題啊！

根據佛洛伊德的說法，**意識受到潛意識的操控**，也就是：意識只不過是潛意識的奴隸，而人的潛意識卻又充滿了欲望。按照這種說

法，人只是一種外面糊著一層「理性」的假面具，而內心充滿了欲望的動物！所以亞里斯多德說:「人是理性的動物。」這句話就潛意識理論來看是錯誤的，應該改成:「**人是一種外表看似理性，其實內心充滿欲望的動物。**」這樣的說法才比較接近事實。

請看看網路上各大學的 BBS 站，就可以印證這樣的說法。「哲學版」上每天貼出的討論不過幾則而已，但是「股票版」的討論題數，每天都在幾百則以上！可見人們的內心，包括大學生在內，欲望仍然是凌駕一切的。

在教育方面有一個話題是「常態編班或能力編班，哪一種比較好？」，我很好奇地請教一位家長的看法，因為他的兒子即將就讀國中。他坦誠地回答:「如果我的兒子夠優秀，我就贊成能力編班，如果我的兒子不夠優秀，考不上A段班，我就贊成常態編班。」

一語道破「常態編班或能力編班」爭論的「潛意識思考」！

難怪常態編班或能力編班，辯不出結果。

校長們為了提高升學率，當然要能力編班，然後再據此編出種種理由，譬如說能力編班才能「因材施教」等等堂而皇之的理由，試圖來說服社會大眾。而人本團體的深層思考是以人為本，當然主張必須常態編班，然後才以「有教無類」等種種冠冕堂皇的理由，來為它辯護。結果雙方自然是沒有交集，誰也說服不了誰。

「因材施教」和「有教無類」都是古聖先賢說的話，都深深的契合教育原理。但仍然未能說服對方，原因是主導一切的其實是「潛意識思考」！意識既然「只不過是潛意識的奴隸」，是為潛意識「編造理由」用的，所以即使說得再有道理，如何地合乎情理，也很難說服對方。

因此要打動對方，不在於強調有沒有情理，而是要從對方的「潛意識」著手，也就是從欲望和利益著手。歷史上有一個有名的故事，春秋戰國時代，墨子為了阻止楚國侵略宋國，千里迢迢地跑到楚國，和楚國的將領公輸般展開辯論，墨子說了很多理由，包括殺人是

不道德的，大國不可欺負小國等等，公輸般都承認講得很對，但他對墨子說：

「雖然你說得很對，但因為我們的軍隊已調派好了，所以還是要按照原計畫出兵。」可見道理講得再好還是沒有用！

墨子接著提議和公輸般進行兵棋推演，在攻防戰中，公輸般施展出的每一種攻城策略，都被墨子成功地破解，最後公輸般覺得出兵並沒有勝算，無法得利，終於放棄攻打宋國的計畫。可見費盡唇舌，還不如展現力量，才能打動對方的潛意識，進而改變對方的決定！

由於潛意識才是主人，是真正的決定者，因此我們也就能理解，一般的辯論都只在意識的層面上互相交鋒，並未能觸動對方的潛意識，當然也就不會有什麼結果了。

潛意識也擁有很強的力量，來補充身體各部位能量以恢復活力，由於在睡眠中意識睡著後，潛意識才能夠發出較強的力量，因此人們都要有充分的睡眠，身體才能恢復活力。

但是，我們的內心只有意識和潛意識嗎？

號稱「哲學之王」的康德認為，在我們的所有經驗中，最令人驚訝的就是我們的道德觀念，也就是我們面臨誘惑的時候，所產生的「是非感覺」。我們都知道自己不應該做某些事，這種「道德命令」並非來自於意識或邏輯推理。

因為我們常看到奸詐的人反而能榮華富貴並壽終正寢，而善良的君子卻常常鬱鬱不得志，甚至窮病以終。因此若是單從意識的推理，去做善事並不聰明。康德據此認為，內心的「道德命令」絕非來自意識。

「道德命令」也不可能來自於潛意識，因為潛意識充滿了欲望，其思考方式套句「唯識論」的說法，是以「我執」為本，也就是只考慮自我的利益，而不管任何的道德。

因此康德的「道德命令說」啟示我們，我們的內心除了意識和潛意識之外，尚有比潛意識更深邃的部分。但翻遍西方哲學，關於這方面卻再也找不到更進一步的討論。科學方面，到了佛洛伊德的時代，也只是闡明「潛意識」的作用，至於是否有比潛意識更深的「識」存

在，至今在科學方面仍付之闕如。

不過如果翻開佛教的「**唯識論**」，我們將驚訝地發現，原來這個比潛意識「更深的識」是有的，就是「**第八識**」或稱為「**阿賴耶識**」。「**意識**」和「**潛意識**」在唯識論中分別稱為「**第六識**」和「**第七識**」。

唯識論說，人的第八識中包含著「佛性種子」，但因被「無明」障蔽，以致佛性未能充分顯現出來，但有的人被障蔽的程度較少，因此內心的「道德命令」特別強烈，這類人就是史懷哲、墨子、德雷莎修女之類的人物。有的人被障蔽程度很深，因此內心的「道德命令」非常微弱，這類人就是希特勒、殺害白曉燕等人的陳進興，以及為了詐領保險金，而殺害自己妻女的這些失去人性的人。

孟子說：「若有人看到小孩子掉到井裡，一定會設法將小孩救出來，不會置之不理，這就是惻隱之心，人人都具有惻隱之心。」雖然我並不同意因為人有惻隱之心，就承認孟子說的「人性本善」，但我能夠了解到，這個「**惻隱之**

心」就是來自第八識的良心呼喚！

孔子在《論語》中常談到「君子」和「小人」，君子就是第八識中的「佛性種子」被障蔽程度較少的人，因此君子和小人都是天生的，套一句諺語來說就是「江山易改，本性難移」！小人既不可能變為君子，君子也不可能變成小人。正如每人的第六識強度都不同，以致聰明程度不同，所以會有不同的「智商」。同理，由於每人的第八識佛性被障蔽程度不同，道德的高下也會不同，因此會有不同的「德商」（道德商數），只是如何才能測出「德商」，還沒有人發明出來罷了。

根據「唯識論」的說法，我們所看到的山川大地都是第八識變現出來的。也就是，我們現在看到的這個世界，都是「第八識」編出來的故事。正如「夢」是第七識編出的故事，睡醒時才知所有的夢都是虛幻；同樣地，人也要等到明心見性，有了相當的證量之後，才會知道我們過的這一生全部都是虛幻，只不過是我們的第八識編出來的故事罷了。

　　但現在人類對「第八識」仍然所知甚少，佛洛伊德闡明第七識，就可以震動全世界，成為排行榜第一名的心理學家。若有人能將「唯識論」融會貫通，以科學的方式闡明「第八識」，那將是人類歷史上的一件大事！

我們從「文明」得到什麼？

　　人類最偉大的發明就是「民主」，因為民主政治使政權能夠和平轉移，免去了改朝換代時人民流離失所，死傷成千成萬的戰禍。西方文明並不能解決人們內心空虛的問題，印度文明中的「唯識論」極為圓融，是掌握生命意義的哲學，若我們能多參透一些印度哲學，相信生活將會過得更踏實、更快樂。

　　這個世界到現在為止總共有二十幾種文明，有些已經衰亡了，有些則仍然在持續之中。

　　很多文明發展出來的特色是令人驚奇的，例如猶太文明竟有如此強烈的凝聚力，使猶太人在亡國兩千年之後，分散在世界各地的猶太人仍能講猶太語（歸化美國的中國人第二代就不會講華語了）；日本文明中的武士，和敵人打

仕只要戰敗就切腹自殺，簡直是視死如歸（請對照二次大戰時，動輒投降的法國士兵）；印加文明中的人民，長達幾百年當中，竟然都沒有私有財產，大家一齊吃大鍋飯（這不是共產主義的理想國嗎？）。所以文明的歧異性極大，只是現在交通和資訊發達，世界各處的文化互相交流的結果，歧異性勢必會越來越少。

在互相交流之後，文明給人類帶來什麼？就是我們現在所過的多姿多采的生活！

我們能夠坐飛機出國旅遊，或到電影院看電影，這是**科學**帶來的；我們有權選總統及國會議員，這是**民主**帶來的；能與舞伴欣然共舞一曲**探戈**，是屬於南美阿根廷的文化；至於以**氣功**和**針灸**治病，則是中國文明中的醫學精華；很多人用**禪定**來調和身心靈，而禪定則源自於印度文明中的佛教哲學。如果有興致，也可以在月明風清的晚上，對著明月吟唱一首蘇東坡的〈水調歌頭〉，**詩詞**是中國文明中的文學精華。

以上所說的民主、科學、醫學、哲學、文

學、歌舞等等，都是文明的產物。就是因為文明如此多樣，現在人們的生活不論是物質的或精神的層面，才會如此豐富！。

假如人類都一直生活在石器時代中，那麼也就沒有文明可言了，例如中國的夏朝或四百年前的澳洲土人，就都是生活在石器時代當中。幸而在數千年前，很多地方的人們開始進入農耕時代，文明也就從此揭開了序幕！

雖然從古至今出現過很多文明，例如埃及文明、印加文明、兩河流域文明等等，但是依照歷史學家的看法，在古代文明當中，只有三個文明是比較高級的，就是**希臘文明、中國文明和印度文明**。為什麼這三個文明比較高級？因為這三個文明都出現了很多思想家或傑出學者，並有文字來傳承這些思想。

即以希臘文明來說，就出現了**蘇格拉底、柏拉圖、亞里斯多德、阿基米德、歐幾里德**等鼎鼎大名的世界級人物。中國則有**孔子、老子、孟子、荀子、墨子、莊子、孫子**等一流思想家。印度文明史上的思想家更有數十名之

多，例如釋迦牟尼、摩訶毗羅（創立耆那教）、耆婆迦等人皆很有名。埃及文明雖然是所有文明中最悠久的，從八千年前就開始了，而且在五千年前就建造出光輝燦爛的金字塔，但卻找不到任何一位思想家，所以並不能算是高級文明。

每個文明都有其特色，例如**希臘文明的特色就是民主和科學**。在兩千多年前古代希臘的全盛時期中，共分成雅典、斯巴達等幾十個城邦小國，幾乎一個城市就是一個國家，大多數的城邦小國都實施民主政治，也就是國家領導人皆由全民直接選舉產生。

在當時全世界各國幾乎都由皇帝或國王統治的時代中，只有希臘各城邦是由全民投票產生國家領導人，這實在非常不容易，也是人類文明的一項奇蹟！中國幾千年來都沒有想到用這樣的方法，來避免改朝換代時的戰亂兵劫。因為如果不是世襲皇朝，而是用選舉的，那麼只要主政者施政不佳，幾年後人民就會用選票請他下台，根本不需要革命！

孫中山先生因清朝腐敗，而組織革命黨發動革命，直到第十一次革命才告成功，但已有成千上萬的人民因戰亂而死難，國家元氣也因而大傷。民主政治使政權能和平轉移，不會發生戰禍，所以**「民主」可說是人類最偉大的發明**，也是希臘人對人類最偉大的貢獻！

希臘文明也產生了**「科學」，對人類來說，這是僅次於民主的第二大貢獻！**

西元前兩百年，希臘就出現了大科學家阿基米德和大數學家歐幾里德，中國先秦文明和印度恆河文明，並沒有這種重量級的科學人物。可見希臘文明有很強的科學傾向。當承接希臘文明的西方文明進一步發展科學之後，給人類帶來的改變是巨大的，汽車、洋房、電視、電話、冰箱、冷氣等等的發明，給人們的生活帶來很大的方便和舒適。在工業革命之後，由於蒸氣機的發明更帶來生產力的大幅提升，使人們的財富普遍增加。

所以凡是過著舒適物質生活的人，都應感謝希臘以及傳承自希臘的西方文明的貢獻！

　　那麼印度文明的貢獻是什麼？如果說**西方文明是一種科學文明**，那麼毋寧說**印度文明是一種哲學文明**，其哲學深度絕非西方文明所能望其項背。西方哲學家中被公認為最偉大者莫過於**康德**，其代表性思想〈純粹理性批判〉，如與**印度大乘佛教思想**相比，只不過形同戲論。即以西方哲學家中感動力最強的**叔本華**來說，其「意志論」看似巧妙，但仍遠不及印度佛教哲學「**唯識論**」的圓融。

　　西方的「**存在主義**」就是想要解決人們內心的空虛問題，但由於只想在西方哲學體系內尋求解決方案，而不知道去汲取印度哲學的養分，結果並未成功解決人們心靈空虛的問題。畢竟西方文明並非以哲學見長，自然無法提供人們安心立命之道。

　　西方先進國家，人民的物質生活普遍都很富足，但很多人的內心卻依然空虛，這從自殺率的居高不下，以及罹患憂鬱症的人越來越多可以看出一些端倪。美國號稱是「兒童的天堂，中年人的戰場，老年人的墳墓」，如果是

你，甘心過這樣的人生嗎？

反觀很多印度人，雖然貧窮，但樂天知命，他們都深知生命的意義，圓融的人生哲學豐富了他們的心靈，儉樸寡欲的生活反而使他們過得更快樂，罹患憂鬱症者較少。如果這些內心焦慮，甚至罹患憂鬱症的西方人，能夠多參透一些印度哲學，相信生活將會過得更踏實、更快樂。

所以**掌握生命意義的哲學，就是印度文明對人類的貢獻！**

根據馬斯洛的看法，人除了最底層的物質需求之外，也有自我實現的潛在欲望，自我實現的最高境界應包括參透人生的意義，這樣的人生才不會焦慮和精神失落。現在的教育強調西方價值，例如民主、科學、經濟的發展等等，這些固然很重要，例如獨裁和經濟落後的北韓，人民就因物資的缺乏而普遍過得不快樂。但是反過來說，即使在很民主和富裕的國度，人民也不見得都過得很幸福，例如美國的老人，內心的空虛和寂寞，其嚴重的程度，上

文已提過「美國是老人的墳墓」。即使是美國的中年人，由於社會的步調太快，過的日子也是緊張多於快樂，因為既然「美國是中年人的戰場」，戰場又何來快樂可言？

其實何只美國如此，也許世間的實相就是這樣吧！有詩為證。

一千年前的宋朝，蔣捷寫了一首詞，詞曰：

少年聽雨歌樓上，紅樓昏羅帳
壯年聽雨客舟中，江闊雲低，斷雁叫西風
而今聽雨僧廬下，鬢已星星也
悲歡離合總無情，一任階前點滴到天明

中年人為了生活而奔波，「江闊雲低，斷雁叫西風」的心情是如何地無奈！到了老年，「一任階前點滴到天明」的心情又是如何地悲涼！因此在教育上，除了西方的價值之外，或許我們也必須引進印度文明的價值，讓我們的人生除了物質之外，也有精神層次的幸福。

　　那麼中國文明又如何？根據歷史學家的說法，在中國這片土地上，曾出現過三種文明。從商朝到秦朝滅亡為止，約一千餘年的時間，稱為「**先秦文明**」。先秦文明非常可愛，是一個講「恥」的文明。像「趙氏孤兒」的故事大家都知道，門客將被滿門抄斬的主人的遺孤偷偷救出，將其扶養長大之後，竟因當年未隨主人殉難而自覺羞恥，以致自刎而死。這類故事不勝枚舉，例如田橫五百死士、二桃殺三士等等都是。

　　第二次文明從漢朝到南宋為止，歷經一千三百年，稱為「**漢唐文明**」，雖然也出現李白、蘇東坡、諸葛亮這樣的千古人物，但比起先秦文明出現的世界性思想家——孔子、老子、孫子等，已有遜色。第二次文明被蒙古人所滅，漢人稱這段被蒙古人占領的時期叫「元朝」，說元朝的版圖最大，其實就蒙古人的眼光來看，中國當時的版圖為零，因為都被蒙古人侵占了。

　　第三次文明從明朝到現在，稱為近代文

明。不要說世界性思想家，連李白、蘇東坡這樣的人物都沒有，可說是每況愈下了。朱元璋為了維持其政權於不墜，竟設東廠與西廠，來監管人民的思想，結果造成了很多冤獄，清朝的**文字獄**也形成社會恐怖的氛圍。這些政策使第三次文明逐漸劣質化，社會的互信蕩然無存，人和人之間幾乎只存在鬥爭關係，而且鬥爭是不擇手段的，無理的一方，都要硬拗到有理。這時的社會已經不再有「恥」可言。明朝的小說《水滸傳》一書，作著施耐庵說他寫的是宋朝的故事，其實裡面描述的腐敗社會正是典型的明朝社會。

這時期的文明也出現全世界所沒有的殘酷制度及風俗，例如女性纏小腳、刑法的誅九族、凌遲等。女性纏小腳就是將女性從幼小時就開始以布纏繞雙腳，不讓腳長大，以便能夠穿上「三寸金蓮」，造成一種病態的美。但在纏腳的過程中，那種撕心裂肺般的痛苦，簡直無法形容！一直到民國之後，婦女纏足的陋俗才被政府明令禁止。試想**幾千萬的婦女在成長過**

程中，曾經受到如此巨大的痛苦，這是什麼樣的文明？而「誅九族」就是一人犯了謀反罪，他的所有親族不分老幼都要處斬。「凌遲」就是謀反的主謀，在殺死之前，劊子手必須先在其身上用刀割三百六十刀。像這類刑罰，其殘忍程度更是全世界所無。**可見中國近代文明，是一種劣質的文明，與優質的先秦文明比起來可說是天差地遠了！**

　　台灣人必須拒絕劣質的中國近代文明，恢復有恥的中國先秦文明，並接受西方文明中的民主和科學的成分，和印度文明中的圓融人生哲學，這樣台灣人才有真正的幸福！

圍棋與大腦

　　只讓孩子接受與推理無關的活動，例如背誦古書或心算等課程，則腦中連結的神經元數量雖多，卻皆與推理無關，以上兩者都會降低思考的效率，也就是智商會停滯。若這段時期讓孩子學圍棋，則連結的神經元皆與推理、分析、判斷有關，思考力將會大大地提升，也就是智商提高了。

　　琴棋書畫自古以來是知識分子的四大文化素養，而其中最特殊的是棋，棋就是**圍棋**，為什麼說圍棋在琴棋書畫四者當中最為特殊？因為彈琴只要用到聽覺，作畫和揮毫寫字只要用到視覺，但是圍棋卻必須動用大腦來思考。或有人說其實彈琴、作畫和書法也要費心思於意境的營造，但是和下圍棋所花費的腦力相比實在是小巫見大巫。

　　我們都知道如果常常練舉重，肌肉就會越來越發達，常常練長跑，馬拉松的成績就會越來越好。同理如果常常進行思考力的鍛鍊，例如算數學或下棋來鍛鍊頭腦，腦力自然會增強。但是算數學通常給人的感覺是枯燥無味的，對一般學生來說，算數學只不過是為了應付考試而不得不做的一件苦差事而已，本身很少會有甚麼樂趣可言。因此用算數學來鍛鍊頭腦只能說是「知易行難」。

　　然而下棋則不然，下棋是一種遊戲，遊戲吸引人的地方是有一種比賽輸贏的刺激感和贏的喜悅，所以不論大人、小孩都很喜歡玩遊戲。例如小孩喜歡玩紙飛機是因為可以比賽誰的紙飛機飛得最遠；成年人玩漆彈遊戲玩得興高采烈也是一樣的道理，他們都在拼誰擊中對方的次數多。下棋必須動用大腦思考，想辦法贏對方，這種想贏對方的強烈驅力，使下棋變得有趣，這是算數學做不到的。

　　既然下任何一種棋都是遊戲，也都必須動用大腦思考，那麼棋類有很多種，例如象棋、

西洋棋等等，為什麼一定要下圍棋來鍛鍊大腦呢？這是因為圍棋比起其他棋類來，複雜太多了，而越複雜的遊戲，越能鍛鍊大腦的思考能力。1997 年 5 月，超級電腦「深藍」擊敗西洋棋世界冠軍卡斯巴羅夫。其後幾年，中國象棋冠軍也輸給了電腦。

　　而要到 2017 年 5 月，世界圍棋冠軍柯潔才輸給了超級電腦 AlphaGo，圍棋輸給人工智慧比起西洋棋整整慢了 20 年。但在這 20 年之間，電腦進步神速，運算速率至少快了幾百倍，正因速度極快，才能執行目前所設計的圍棋對弈程式，如果使用 20 年前的超級電腦「深藍」來執行這些程式，下完一盤圍棋至少要一百個小時以上，早就超過規定的三個小時了。用超級電腦 AlphaGo 來對比超級電腦「深藍」，可以推知圍棋的複雜程度至少在西洋棋的百倍以上。

　　日本新瀉大學中田力教授利用核磁共振影像，來研究下棋的人所動用到的大腦部位。他發現下象棋或西洋棋以及初學圍棋的人，都是

動用到**左腦**。左腦掌管計算、推理和語言。但是圍棋功力上段的人在下棋時卻動用到全部的大腦，包括**左腦**、**右腦**和**前額葉**，右腦掌管的是空間認知、想像和創造。前額葉掌管高級認知功能，例如學習、分析、判斷和複雜的抽象思維。

由這個實驗可以看出，比較高級的圍棋對局，不但需要計算，還要經由分析作出判斷（前額葉的功能），甚至要發揮想像力，下出具有創造性的妙著（右腦的功能）。因此當一位孩子學圍棋學到初段之後，他在下圍棋時就可以同時鍛鍊左腦、右腦和前額葉！這是其他棋類作不到的。

初學圍棋的孩子是下九線棋盤，由於棋盤太小變化不多，大概只能鍛鍊左腦的計算和推理能力，到了下十三線棋盤之後，變化比較多，常需作形勢判斷，因此已經開始動用到判斷力，也就是已經有鍛鍊到前額葉了。因此就算孩子只學到十三線的圍棋，由於左腦和前額葉都已受到鍛鍊強化，腦力已經提升，用提升

的腦力來讀數學，數學就變得比較容易了！

日本東北大學的川島隆太教授和日本棋院合作，研究「圍棋對兒童腦力之影響」，發現**學圍棋對兒童智商的提升很明顯，而且越早期學圍棋，智商的提升越大**。12 歲之後，雖然學圍棋已經不太能改變智商，但仍能提升思考力。很多會下圍棋的企業家例如應昌期等人都表示，企業主管所必須的「策略思考力」和下圍棋的思考非常接近，被圍棋激發而提升思考力的他們在競爭激烈的商場上常能出奇制勝。

日本戰國時代最傑出的三大英雄人物：織田信長、豐臣秀吉、德川家康都是圍棋高手，日本自古以來的武士階級都相信「圍棋乃策略及戰術之工具」，上述三位英雄能逐鹿天下，圍棋給予他們的「策略思考力」必然有所助益。

為什麼 12 歲之後智商很難改變？根據腦神經科學家洪蘭的說法：因為這時大腦中的神經元幾乎都已連接完成。思考是一個很複雜的過程，但大致上來說，連接的神經元越多以及連接的神經元若是有利於推理，則思考就越有效

率，表現出來的就是智商比較高。嬰兒的腦在滿一歲以前，會增加到初生時的三倍，到四歲進幼稚園時完全長成，而 5 到 11 歲時是大腦的神經元大量連接時期，如何連接以及連接量的多少，都和這段時期的童年經驗有關。

如果這段時期讓孩子都關在家中，缺少遊戲或其他外界的刺激，則大腦的神經元連結數量會比較少，或者只讓孩子接受與推理無關的活動，例如背誦古書或心算等課程，則腦中連結的神經元數量雖多，卻皆與推理無關，以上兩者都會降低思考的效率，也就是智商會停滯。**若這段時期讓孩子學圍棋，則連結的神經元皆與推理、分析、判斷有關，思考力將會大大地提升，也就是智商提高了。**

下圍棋也可以鍛鍊孩子的專注力。心理測驗證明：兒童的注意力一般只能維持 25 至 30 分鐘。但是孩子在圍棋的對局中由於受到「想贏對方」的好勝心驅使，注意力自然會集中。一盤棋即使長達一個小時，也都會很專注地下完。這樣經過不斷的下棋磨練，自然而然就養

成了孩子的專注力。有了專注力之後，就可以提高上課的學習效率，極有助於各個科目的進步。

關於圍棋的專注力，在中國歷史上最有名的是三國時，關羽（關公）胳臂動手術開刀卻仍在下圍棋的故事。他在一次戰役中胳臂被敵軍的毒箭射中，必須立刻開刀。在那個時代中並沒有麻醉劑，關羽是喜愛圍棋的武將，他要求一面開刀一面下棋，利用專注於圍棋的思考，來減輕開刀的疼痛。雖然這也令人好奇開刀的痛苦，是否反而會干擾他的思考？利用下棋來轉移肉體的疼痛，除了關公之外一般人應該很難做到吧？

圍棋也可以培養孩子堅毅的品格，孩子從初學圍棋的 24 級開始，一直到升上 1 級（1 級再升上去就是初段），這期間要經過多少戰鬥和多少挫折！每升一級都是慘輸過很多盤棋之後換來的，從很多次的輸棋之中檢討敗因，吸取教訓不斷地改進，最後才能打敗對方。像這樣輸棋之後還能再接再厲，自能養成堅毅的品

格。

即使孩子好不容易升到了一級（平均要兩年以上），他也會了解一級之上還有初段，一直到九段，實力比他強的還有很多人，而體會到「人外有人，天外有天」的道理，因此會更懂得謙虛。

圍棋也能激發一個人的想像力和創造力，對文學、音樂和美術的創作都有幫助。因為上面已經提過，**圍棋除了左腦之外，也能活化右腦**，而右腦掌管的是想像力和創造力。金庸是上段的圍棋高手，他的武俠小說高潮迭起，被尊為武俠小說之王。寫武俠小說至今沒有人能寫得比他更精彩，幾乎任何人只要開始看他的任何一部小說，總會迫不及待地一直看到最後一頁。他的豐富想像力除了來自本就優秀的頭腦之外，他的圍棋功力激發出的右腦想像力，對他創造出的武俠世界一定也有相當助益！

由於學圍棋有這麼多好處，很多學校都已將它列入課程，例如早在 1999 年，日本的大阪就已經將圍棋納入中學正式課程。這是合理

的，因為學校已經有音樂課、美術課和書法課，琴棋書畫四者當中圍棋既然如此重要，獨獨沒有圍棋課反而奇怪。韓國的首都首爾有三百多所小學設有圍棋選修課，韓國另設有很多所圍棋高中，明知大學並有圍棋系。中國大陸有很多中小學也都有開辦圍棋選修課，並進行圍棋教師的培訓工作。

中國大陸擁有世界上最多的（會下圍棋的）圍棋人口：二千五百萬人，台灣大約八十萬人，日本五百萬人，韓國的人口是台灣的兩倍，卻擁有九百萬圍棋人口，是全世界圍棋人口密度最高的國家。由於圍棋已經世界化，像歐洲就有三十萬的圍棋人口，分布於德、英、法、俄等國，而圍棋的世界冠軍，十餘年來幾乎都由中國或韓國的棋手所囊括。

值得一提的是，**西方的圍棋迷中，有很多人都認為圍棋是古代中國的第五大發明**，中國的四大發明是指南針、火藥、紙和印刷術，對世界有很大的貢獻。若是將圍棋列為第五大發明，顯然就是這些西方圍棋迷認為圍棋對世界

也有很大的貢獻。

　　現在有很多圍棋教育專家，例如韓國明知大學圍棋系的金真煥教授，都呼籲家長們不要因為學圍棋會提高智力而讓孩子去學圍棋，因為這種想法太現實，須知**圍棋最大的價值和音樂、美術一樣，在於它能陶冶一個人的心靈，調和我們的身心**，這才是學習圍棋最正確的觀念，**若只把圍棋當作提升智力的工具，是太小看圍棋了，圍棋絕不是一種工具，它是高雅的藝術！**

詼諧、抒情及領悟

　　心靈的快樂，除了詼諧和抒情之外，其實還有一個更高的層次，就是「領悟」。

　　很多人都喜歡聊天，花了許多時間在聊天上面。君不見，在咖啡館、餐廳、車站、路邊等等很多地方，到處都是嘰嘰喳喳，一片正在聊天講話的聲音。

　　我有一位朋友，下班回到家，匆匆吃過晚飯之後，一定立刻出門到朋友家泡茶聊天，數十年如一日。為什麼聊天有這麼大的魅力？心理學家說，人都有想要講話給別人聽的欲望，更何況如果碰到志趣相投的朋友，藉著談天心靈可以交流，也可以抒發彼此胸中的鬱悶之氣，而得到一種抒壓的快樂。

　　什麼樣的聊天方式最有趣？最吸引人的地方應該就是「詼諧」了，如果在聊天之中找不

到詠諧，那麼這樣的聊天就太索然無味了，大概只能稱為「碎碎念」或「談經論道」。

婆婆或媽媽的「碎碎念」之所以稱為「碎碎念」，正因為其中找不到詠諧的成分，以至於子女都避之唯恐不及，如果媽媽能夠在「碎碎念」之中，再加入一些幽默，最好能提昇到「單人相聲」的水準，則必能廣受子女的歡迎。

三姑六婆式的聊天之所以能夠吸引三姑六婆，祕訣也是在於詠諧。她們總會在街坊鄰居之中，選定一兩個人物，譬如隔街的張大嫂，或巷內的李二叔，然後加油添醋，敘述其荒謬的行徑，凸顯其可笑的行為，予以嘲弄一番，她們並不在意「可笑行為」的真假，她們要的只是從嘲弄中得到的詠諧感覺。這種感覺帶給她們快樂，以至於聊天不斷地持續下去，欲罷不能，一直到必須回家煮飯為止。

很多男人間的聊天方式並不比這些三姑六婆高明，他們除了多出一項男人特有的政治話題之外，其餘的其實和三姑六婆相差不多，他

們要不是在談公司的小陳又被經理猛刮一頓的可憐相，不然就是王課長最近因失戀而失神落魄之類，他們加油添醋地描述，顯得小陳和王課長是如此這般可笑，然後從這樣的詼諧中得到快樂。

不要以為村夫村婦或小職員小市民才需要詼諧的快樂，政商名流、文人雅士都是一樣。

蘇東坡曾在朋友聚會時，寫詩調侃他的一位怕老婆的朋友：「忽聞河東獅子吼，柱杖落地心茫然。」這是文人雅士的詼諧。

邱吉爾在擔任英國首相時，有一次在宴會的場合，同桌有一位貴婦向邱吉爾說：「如果我是你的妻子，我一定在你的酒杯中放入毒藥。」

邱吉爾回答說：「如果我是你的丈夫，我一定馬上把這杯毒酒喝下去。」

同桌貴賓頓時哄堂大笑。原來貴婦是在挖苦邱吉爾，有他這樣的丈夫就會把他毒死。邱吉爾反過來挖苦貴婦，有她這樣的妻子，他寧可喝毒酒死掉。

可見即使是上流社會，他們在聚會時，還是不忘詼諧一番，只是少了村夫村婦式的背後說人是非，而多了彼此間的挖苦。

詼諧的最高境界應是「自我解嘲」。有一次哲學家蘇格拉底正在街頭和雅典市民談論哲學時，他的悍妻在後面大聲咆哮，他充耳不聞，繼續談論他的哲學。忽然有一桶水從他的身上潑下來，把他淋得全身都溼透了，原來是他的悍妻潑的。只見他不慌不忙，一本正經地說：「打雷之後當然是會下雨的。」

所以喜愛詼諧是不分三教九流的。為什麼那麼多人喜愛看電視的綜藝節目？正是因為節目中有那麼多的搞笑，那麼多的插科打諢，使人笑到不行。雖然有人批評那些都是低級詼諧，但愛看的人照樣樂此不疲，才不管它是高級或低級詼諧呢！

但也不是所有的人都會去看電視的搞笑節目，在這個熱門的八點檔時段，有人卻寧願唱歌自娛，不論是去 KTV，或利用家裡的卡拉 OK 伴唱機。因為這是一種「抒情」的快樂，是一

種能夠滲透進入靈魂深處的快樂。這種快樂即使看豬哥亮錄影帶一百次也是感受不到的，這就能解釋何以家庭用伴唱機銷路一直不惡，而里弄之間常能聽到顯然並不很「專業」，只是屬於「業餘級」的歌聲。

當然「抒情之樂」不僅限於唱歌，畫圖、雕刻、陶藝、詩詞、閱讀小說等等文學藝術活動都有抒情的效果，只不過對多數人來說，唱歌的抒情效果比較強。

文人雅士常以吟詩作詞來抒發其情感，像李白、蘇東坡、李後主、杜牧、白居易等人所寫的詩詞，至今讀來仍令人迴腸盪氣，感動不已。

例如李後主的〈烏夜啼〉：

林花謝了春紅，太匆匆！
無奈朝來寒雨晚來風
胭脂淚，相留醉，幾時重？
自是人生長恨水長東！

　　這首詞是李後主觸景生情道出的悲痛心境，讀來非常感傷，一千年後仍能激動我們的情緒！

　　這種抒情的、唯美的感覺，在很多文人的散文中，例如范仲淹的〈岳陽樓記〉、蘇東坡的〈赤壁賦〉，徐志摩的〈巴黎的鱗爪〉等等，都可以強烈地感受到。

　　但是文學藝術並非文人雅士的專利，一般人也需要它，因為任何人都想尋找一種管道來抒發情感。所以一般大眾即使不懂具有繁複技巧的西洋古典音樂，也會使用卡拉 OK 來唱流行歌曲；看不懂精緻的西洋歌劇，也會欣賞通俗的歌仔戲；無法鑑賞世界文學名著，就打開收音機聽吳樂天講《廖添丁》，一樣可以達到抒發情感的效果。

　　黃俊雄的布袋戲會這樣轟動，除了劇情吸引人之外，其實還有兩個因素，一是詼諧，他創造了一些搞笑人物，像二齒、老和尚、秘雕等，對話極盡詼諧之能事。第二就是抒情，某些場景會配合故事的發展，由女性歌手唱一首

感人的台灣歌謠（當年幕後主唱者是西卿），使觀眾在享受「二齒」製造的笑果之餘，還能配合劇情，聆聽到使人迴腸盪氣的歌聲，難怪觀眾會看得如醉如痴了。由此可見詼諧再加上感性，更能感動人心。

但是心靈的快樂，除了詼諧和抒情之外，其實還有一個更高的層次，就是「領悟」。

所以有人在同一段時間既不看搞笑節目，也不唱 KTV，卻寧願去聽一場演講。一場高品質的演講，可以從中領悟到一些新觀念，這時心中會湧出一種久久不能自己的喜悅，這就是「**領悟**」的快樂。佛教有一句「法喜充滿」，最能形容這樣的心境。

如果演講會中說的只是一些陳腔濫調，當然也就產生不了領悟的快樂。反過來說，一場精采的演講，不但令人法喜充滿，而且一定也有幽默的成分，讓人笑聲不斷，甚至演講者的感性語調，還能帶來抒情的效果。所以聆聽頂級的演講，是一種三重享受。只是這種精采的演講太少了。

　　看書也能得到「領悟的快樂」，孔子說：「溫故知新。」意思就是說：「溫習讀過的書，往往可以從中領悟出新觀念。」參加讀書會，也會啟發新觀念，如果主持的人見聞廣博，旁徵博引，那麼獲得的新觀念會更多。

　　有時「領悟」要靠自己去思考。有一次我有一位朋友告訴我，他說他領悟了一件「大事」，因此狂喜了幾天！我問他領悟了什麼令他高興這麼久？

　　他說：「就是佛法說的『非空非有』！」

　　「這算什麼大事？而且這些佛教基本觀念，一般佛教講堂也都說過了。」

　　「不，他們從來沒有明白地解釋過，何以世間是『非空非有』？並讓人信服。而幾年來，我一直以為『非空』就是『有』，『非有』就是『空』，所以『非空非有』根本就互相矛盾。但現在領悟到『非空非有』並無矛盾，解決了幾年來心中的困惑，這不是大事是什麼？」

　　原來我這位朋友是讀物理的，他說有一派

物理學家像楊格等人，主張「光」是一種波動，而且有「繞射實驗」等來支持這種說法。但另一派物理學家如愛恩斯坦等人卻主張「光」是一種粒子，並有「光電效應實驗」來驗證這樣的說法。這就是光的「波粒二象性」，凡是讀過物理的人都知道。

「其實光的本質既不是粒子也不是波，只是在某種情況下，會顯出粒子的性質，在另一種情況下，會顯出波的性質，如此而已。」朋友興奮不已地繼續說：

「同理，世間的本質也是非空非有，但在阿羅漢的眼中則四大皆空，在菩薩的眼中卻是真空妙有。我終於弄懂『非空非有』了！」

我聽了之後如墜五里霧中，根本不知道他這樣的領悟是對還是錯，不過他確實得到了「領悟」的快樂，這是無可置疑的。

一部戲劇或電影是否吸引人，決定的因素一定不出於上面提到的這三項因素，就是：詼諧、抒情、領悟。所以歌仔戲中必須有丑角，電影中也要有搞笑人物，這樣才有詼諧的效

果。而戲中的對唱和電影中的主題曲，就是抒情的部分。至於戲劇或電影中的劇情，是提供來讓人領悟的部分。例如《鐵達尼號》劇情，讓我們領悟到：有時一件疏失就會釀成大禍。但也有人領悟成「世間一切無常」。往往不同的人會有不同的領悟，但無論何種領悟，總會帶來領悟之樂。

所以一部電影，如果詼諧、感性、啟發性這三者具備，往往就是一部吸引人的好電影。

不只是電影，在其他很多地方又何嘗不然？例如寫作，除非是學術論文，要不然最好是莊諧並用，再加一點感性和啟發性，這樣才會成為一篇絕妙文章。當然要寫到三者兼顧，必須很有才華，這不是一般人做得到的。

這些都是邏輯問題

有人高唱「學歷無用論」，並舉例說：王永慶只有小學畢業，卻能賺到一千多億的財產。而不少大學畢業生，反而收入只有每月 2 萬多元，可見學歷沒有用。這個立論是錯的，但是錯在哪裡？

笛卡爾說：「我思故我在。」明明「我」是存在的，怎麼可以說「無我」？

邏輯是思考、講話以及做事必須遵守的基本原則，不合邏輯的思考就是錯誤的思考，不合邏輯的言論，一旦被人識破，就會成為人家的笑柄。

大家耳熟能詳的一個笑話就是：從前有一個賣矛的人說：「我的矛非常銳利，不論什麼器材都可以一穿而過。」一會兒他又拿出一個盾牌，說：「我的盾很堅固，任何刀劍都不能刺

穿。」有人問他：「拿你的矛刺你的盾能刺穿嗎？」

這下子他糗大了，說能刺穿違反了第二句話，說不能刺穿又違反了第一句話，結果惹來了旁觀者的訕笑。

如果要深入地研究邏輯學這門學問，當然有些深奧，但是生活層面用到的基本邏輯其實是很淺顯的。例如一加一等於二，這就是邏輯，又假設 A＝B 且 B＝C，則 A＝C，這也是一種邏輯，非成立不可。如果前提相同，而結論竟是 A≠C，這樣的推論顯然是錯誤的，也就是不合邏輯。

基本的邏輯既然是這樣地淺顯，照理說，正常的人應該不可能違犯才對，但事實上很不幸的，在我們的社會中，不論談話或做事，卻到處充斥著邏輯的錯誤。

例如有人就高唱「學歷無用論」，他們的立論是說：王永慶只有小學畢業的學歷，卻能賺到一千多億的財產，而很多大學畢業生，反而收入微薄，甚至連「頭路」都找不到。可見學

歷又有什麼用？這樣的說法顯然是違反邏輯的，因為世界上又有多少個王永慶？怎麼可以將小學畢業生中最幸運的和最有經營頭腦的人，拿來和大學畢業生中最倒霉的相比？如果將所有大學畢業生的薪酬和所有小學畢業生的薪酬都分別予以平均，將發現前者明顯地超過後者。也就是說，平均而論，學歷是很有用的。

學歷之所以有用，必須從「平均值」這樣的觀點來看，這是最起碼的邏輯（註 1）。因為若不從「平均值」來看，而只找特殊個案來比較，則不僅學歷無用，世界上又有什麼是有用的？

又有人主張「上鎖無用論」，他們說人家如果要偷你的車子，你再多上幾道鎖也沒有用，這句話就更加荒謬了，但是卻到處有人這樣講，有人這樣相信。

實際上根據統計，車子在車門鎖之外再加上方向盤鎖的，比只有車門鎖，失竊比率小得多。這表示上鎖越多，汽車越不會失竊，可見

上鎖太有用了，豈能說是無用？鎖越多自然車子越不易失竊，這樣的道理極為明顯，本來不必等待統計數字證明就可以推知。但實際上卻有不少人相信「上鎖無用論」。這是因為他們沒有「機率」觀念，總是喜歡找出加上方向盤鎖仍被偷走的個案，就斷定「上鎖無用」。

「機率」的觀念也是基本邏輯的一種，沒有這種觀念的人，言談常會違反邏輯而不自知。

不僅很多主張經不起邏輯分析，有時單單一句話就可能不合邏輯。例如我們常碰到一種人，如果你的觀點和他不同，他就立刻老氣橫秋地告訴你說：「你太執著了。」「執著」是一個佛學名詞，但卻是一個貶抑的名詞，因為根據佛學，一個執著的人是不高明的，不但無法去了悟世間真理，甚至會日漸沉淪向下。講別人「執著」的人，同時也是在暗示自己比較「不執著」，比對方高明。有一次我就碰到這種說我很「執著」的人，我立刻回問：「請你告訴我，我的觀點是對或錯？如果你認為我的觀點

是對的，那麼你就是錯的，如果你認為我的觀點不對，那就表示你太『執著』於自己的觀點，所以你也很『執著』呀！」

廿世紀最偉大的語言邏輯學家維根斯坦認為，很多語言，經過邏輯分析，根本就沒有實質的內涵，也就是內容是沒有意義的，「你很執著」這句話，經過邏輯分析，根本就是一句無意義的話，因此當對方講出這種話時，我們就可以如上述的「以子之矛攻子之盾」，使對方語塞。

再來談另外幾個例子：

（一）我們應該禁止外國人買樂透彩嗎？

由於某一期樂透彩被一對泰勞夫婦中了頭獎，領走了上億元，然後回去泰國了。

某報專欄作家在他寫的一篇〈莫將肥水等閒看〉的文章中說，為了防止「頭彩肥水落入外人手中」，他主張應「趕緊連署推動立法，規定不在台灣出生者不得中頭彩」。

　　大家都知道，樂透彩支出的彩金大約只有收入的一半（註 2），也就是假設賣彩券的收入共有一億元，那麼由頭獎至末獎，所有的獎額加起來大約只有五千萬元而已。因此從「機率」來看，若一個人買樂透彩很多次，總共花了十萬元，那麼他中得的彩金總和，將大約只有購買額的一半，也就是五萬元左右，當購買的金額越大時，就會越趨近於機率值。因此泰勞要中得一億元彩金，他們全體就必須先買入兩億元彩券。也就是以機率來說，當泰勞由台灣搬走一億元彩金時，就表示台灣必然會由全體泰勞中賺入兩億元的彩券收入。

　　所以這又有什麼不好？我們正應鼓勵泰勞多買彩券呢！但是這位專欄作家只因為欠缺機率觀念，就寫出這樣一篇貽笑大方的評論出來。雖然他並未主張泰勞不可買彩券，但禁止人家中頭獎，還有哪個傻瓜會去買？他的主張若制定成法律，等於禁止外勞買彩券。幸虧立委諸公比他聰明多了，並未在立法院中立出他所呼籲的「規定不在台灣出生者不得中頭彩」

的法案，否則我國的立法院就要成為國際笑柄
了。

（二）有「超邏輯」這種東西嗎？

很多人在談到愛恩斯坦的「相對論」時，
都說它是「超邏輯」，因為相對論說時間不是絕
對，而是相對的。一個物體的運動速度越接近
光速，則在這個物體上面的時間就會越慢。相
對論剛發表時，全世界大部分的物理學家都嘩
然，因為他們認為時間是絕對的，怎麼可能有
的地方的時間走得快，有的地方的時間走得慢
呢？但是後來實驗證明相對論的理論是正確
的，可是說「時間是相對的」卻又匪夷所思，
於是有些人就說相對論是一種「超邏輯」。

實際上時間的相對性，是愛因斯坦根據邁
克爾遜的光速測定實驗推論出來的結果。這個
光速測定實驗是說，無論兩點之間有任何相對
運動，光速恆為定值。但由這個實驗結論來推
出時間的相對性，其過程極為艱澀，非普通人

能夠勝任。然而即使難以推理，也不能因此就說相對論是一種「超邏輯」。超邏輯的觀念是錯誤的，因為你無法給「超邏輯」下一個清楚的定義。按照維根斯坦的語言分析法，無法下定義的詞句並沒有任何意義。我們只能說相對論是一種「極深邏輯」推演出來的理論，這樣比較洽當。

同樣地也有人說佛法中的「無我論」是一種超邏輯，因為笛卡爾說：「我思故我在。」明明「我」是存在的，怎麼可以說「無我」？由於這個觀念違反直覺，因此恐怕解釋得口敝唇焦，也沒有人聽得懂！人家只要問你一句：

「既然『無我』，那我蛀牙的時候是誰在痛？不就是『我』在痛嗎？」

一句話就可以把你問得膛目結舌，答不出來！所以很多講「無我論」的人乾脆就說：「無我論」是一種超邏輯，這樣就可以輕鬆帶過，省力不少！

但其實「無我」是「唯識論」以嚴密的邏輯（註 3）推演出來的結論，只要能了悟唯識

論，就知道「我」是虛妄不實的。但一般人仍很難去領悟（註 4），所以「唯識論」也是一種「極深邏輯」推演出來的理論，就是不能說它是超邏輯。

註 1：讀書可以培養靈性，學歷高則讀書多，也應能在精神層面獲取一些益處，但這裡僅就物質方面來論「學歷」有沒有用。

註 2：樂透彩支出的彩金是收入的 56％，本文為了便於計算，以 50％為例來說明。

註 3：邏輯在佛學中稱為「因明」，因明在佛學中占有很重要的地位。

註 4：佛教中稱這種能領悟「無我」的人為「阿羅漢」，死後可脫離三界，不再沉淪於生死輪迴中。

物理和化學在生活中有什麼用？

科學態度使我們對於那些沒有經過科學驗證的說法不會去輕信。例如風水、算命、姓名學，甚至「股票線形操作學」等等，哪一種有經過科學驗證？完全沒有！輕信這些「假學問」，造成的後果小則浪費時間、金錢，大則甚至搞到負債累累，妻離子散。

很多人都在問，物理和化學在生活中到底有什麼用？**物理**和**化學**是科學裡面的兩個部門，在生活中當然太有用了，它的用處即使幾個小時也說不完。

先從廚房談起，有一次我到一位林姓朋友家作客，林太太正在煮綠豆湯，我看到湯都已經沸騰了，但她還是沒有把瓦斯從中火轉為小火。我提醒她，當水沸騰時就應該把火轉到最小，以節省瓦斯。因為綠豆煮熟的速度只和水

溫有關，小火已足夠讓鍋中的水溫保持攝氏 100 度，中火的水溫一樣也是攝氏 100 度，因此不會使綠豆更快煮熟，多出來的熱量，只不過製造出更多的水蒸氣而已。

但是林太太卻這樣回答我：「我還是覺得火開大些，綠豆會熟得比較快。」

我講的重點是「不管中火或小火，水溫都是一樣高，都是攝氏 100 度。」顯然她沒有聽懂我的話，所以沒有接受我的建議，而是用直覺來決定她的火候控制，她的直覺想法是：火越大當然綠豆熟得越快。但是**科學往往都是違反直覺的**，例如從直覺來看，太陽是在繞地球旋轉，但是讀了科學課程之後，才知道剛好相反，太陽是不動的，是地球在繞太陽旋轉。

我告訴林太太，何不做一個實驗，沸騰之後仍開中火，以及沸騰之後轉為小火，分別計時，看哪一次綠豆熟得比較快？就知道我所言不虛！這就是科學方法，用實驗來代替直覺，印證哪個正確？哪個錯誤？這就是科學教給我們的**科學態度**！

　　這種科學態度使我們對於那些人云亦云，沒有經過科學驗證的說法不會去輕信。例如風水、算命、姓名學，甚至「股票線形操作學」等等，哪一種有經過科學驗證？完全沒有！但是有些人就是輕信這些「假學問」，造成的後果小則浪費時間、金錢，大則甚至搞到負債累累，妻離子散。例如有不少人聽信電視上的「股市名嘴」大談某某股票成交價的「線形」，誤信其言而買進賣出，結果虧損累累，甚至傾家蕩產！因此日常生活能謹記科學教給我們的科學態度是非常重要的！

　　再來談牙齒的保健，這和化學有很大的關係。在化學課本中有一個化學反應式（註1）：

碳酸鈣＋氫離子→鈣離子＋二氧化碳＋水

　　這個反應式在很早以前就給我極深的印象！因為它告訴我們：含鈣的化合物碰到酸會分解！

　　氫離子就是酸，碳酸鈣碰到酸，會變成鈣

離子和水，並放出二氧化碳。也就是說：碳酸鈣碰到酸，鈣會溶入水中使碳酸鈣分解掉！

　　而我們的牙齒最外層的**琺瑯質**主要是由鈣和磷所組成（其成分稱為氫氧基磷酸鈣），所以是含鈣的化合物。因為含有鈣，因此會受到酸的傷害，牙齒一碰到酸，牙齒中的鈣和酸就會起反應溶入水中，琺瑯質因而受損，時間一久就蛀牙了。當我們吃甜食或含有澱粉的食物時，附在牙齒上的細菌，幾分鐘之內就會把糖分轉變為酸性物質，澱粉稍慢一些，但十幾分鐘之後，同樣也會被細菌轉變為酸性物質，而傷害到琺瑯質。

　　上述這個反應式啟發我「食後喝水」的重要性。30 多年來我總是隨身攜帶水壺，吃東西之後一定馬上喝一口水，讓牙齒上附著的糖分被水稀釋掉。這個習慣 30 年如一日，一直持續著，因此到現在為止，我的牙齒數目依然完整無缺如同 30 年前。這個**食後喝水的習慣太重要了**，我認為比刷牙更重要！因為等到刷牙時，牙齒上由糖分或澱粉轉變成的酸早已造成琺瑯

質的損害了。

唐朝的韓愈是有名的文人，唐宋八大家之一，他在〈祭十二郎文〉中說：「吾年未四十，而視茫茫，而髮蒼蒼，而齒牙動搖。」

韓愈不到 40 歲就已經視物不清，滿頭白髮，兼掉牙齒，實在令人驚訝，也許是擔任朝廷官員的他太過於操勞的緣故吧！假設他有「食後喝水」的習慣，不要說是 40 歲，就算到了 70 歲，應該連蛀牙都不容易，更遑論「齒牙動搖」了。

酸也會和很多金屬起反應，例如鐵、鋁、鉻等等。下列是化學課本中，鐵遇到氫離子的反應式（註 2）：

鐵＋氫離子→氫＋亞鐵離子

意即鐵碰到酸，就會產生氫氣和亞鐵離子，也就是鐵以亞鐵離子的形式溶入水中。人的血紅素中含有鐵，因此如果鐵離子或亞鐵離子進入人體中反而可以補血，對人體是有益

的。問題出在其他的金屬，例如鋁，情況就完全不同了！

我曾看到有些人將酸性食品，像是酸芒果或酸梅或泡菜放在鋁容器中。由於酸和鋁起反應產生大量鋁離子，當人們吃進這些酸性食品後，這些鋁離子就隨著酸性食品進入人體中。鋁進入腦中累積至一定數量後，會導致老人失智症。所以**絕不可以用鋁容器盛裝酸性食品！**有些人用不銹鋼容器盛裝酸性食品，以為這樣就沒事了。但其實這樣仍然不安全，因為不銹鋼的成分除了鐵之外還有鉻，而鉻對大腦一樣有傷害，因此**盛裝酸性食品只能用陶瓷或玻璃容器**。

現在的中秋節已經變成烤肉節了，雖然我對於這樣的改變很不以為然，但本文暫不談這個問題，只說我看到的一個現象：很多人在戶外烤肉或煎蛋時，竟然使用鋁箔！他們將鋁箔鋪在鐵絲網上，下面是熊熊炭火，就這樣烤起肉，煎起蛋來了！他們這樣做所承擔的老人失智風險是很大的！

再來談**燃燒不完全**的觀念。化學告訴我們，燃燒不完全會產生一氧化碳。照理說，瓦斯熱水器應該要裝在室外，但不少人卻把它裝在室內。這種裝法，就要非常地戒慎恐懼，一定要注意到窗戶要打開，讓空氣可以充分對流。但是當冬天寒流來襲時，由於太冷了，往往就把窗戶全部緊閉，這個時候使用瓦斯熱水器洗澡非常危險！因為在密閉空間燃燒瓦斯，除非這個空間很大，否則一定會燃燒不完全！燃燒不完全必然會產生一氧化碳！每年的冬天，報紙總會登出幾則新聞，這些新聞大同小異，都是在密閉空間使用瓦斯熱水器洗澡，而產生一氧化碳中毒死亡的訊息。在**密閉空間，只能使用電熱水器，絕不可使用瓦斯熱水器！**

物理也告訴我們攸關生命安全的觀念，像是漏電的問題。我們家中的電器使用的電壓一般都是 110 伏特，這麼高的電壓若接觸到身體，產生的電擊是很難受的，但不會死亡，因為根據**歐姆定律：**

電流 X 電阻＝電壓

可看出：在一定的電壓之下，電流和電阻成反比。

觸電時，因人體本身的電阻很大，以致經過人體的電流極小，因此不會造成死亡。但是在浴室中就不同了，報載有一位女孩子在浴室洗澡後，隨即在浴室中使用吹風機吹頭髮，不幸的是因吹風機漏電而被電擊死亡。任何電器使用一段時間之後，都有可能漏電，因而對接觸到電器的人產生電擊。可是怎麼會死亡？原因是這個女孩子洗澡後，身體還沒擦乾就使用吹風機吹頭髮，身體潮濕時電阻較小，以致觸電時流過身體的電流過大，就是這個過大的電流致她於死地。因此**浴室不宜設電插座，因為萬一電器發生漏電，往往會鬧出人命！**

雷電也攸關生命的安全，雷電是正負電劇烈中和的現象。一定強度的風和雲滴摩擦會使雲帶負電，雲中的負電荷感應出地面的正電荷，並和地面上的正電荷互相吸引，當吸引力

達到一定強度時，負電荷會經由最短路徑由雲端來到地面，與正電荷中和。

因此當雷電交加時，設若某甲剛好站在一大片平地上，則**一定要立刻將身體趴在地上，姿勢越低越好，絕不可站立**！如果這個時候還站著，某甲就會成為雲中的負電荷到達地面的最短路徑，於是電荷流經某甲的身體，由於雷電的電壓高達百萬伏特以上，以致流經某甲身體的電流非常大，當然當場死亡！雷電交加時，若某甲有汽車在旁邊，一定要趕快進入車中躲避雷電，因為車子是金屬殼，由於**同性電相斥**的關係，就算雷電擊中汽車，負電荷也只是流經汽車外殼，絕不可能進入汽車內部！所以在車中的某甲是安全無虞的。

電擊和雷電攸關生命的安全，而**輻射**的問題則不僅和個人生命的安危有關，甚至關係到整個國家和社會的重大傷亡！

1945 年 8 月美國在日本投下兩顆原子彈，死亡約 20 萬人，促使日本立刻無條件投降，而結束第二次世界大戰。物理談到原子彈的**核分**

裂反應（註3）：

$$1\ 中子＋鈾\ 235 \rightarrow 鋇＋氪＋3\ 中子$$

　　一個中子射入鈾 235 的原子核，會分裂成鋇和氪的原子核，同時放出 3 個中子。反應時會放出巨大的能量，一部分能量以 **γ 射線**的形式釋出。**γ 射線是穿透性極強的輻射線**，原子彈爆炸會使那麼多人死亡，除了巨大的能量之外，γ 射線穿透人體造成死亡，也是一個很重要的因素。

　　反應結果放出的 3 個中子再和 3 個鈾 235 原子反應，又放出 9 個中子，就這樣不斷地反應下去，稱為**連鎖反應**。連鎖反應在極短的時間內，就能放出驚人的巨大能量，而造成威力極強的爆炸，這就是原子彈的原理。

　　如果使用石墨或鎘棒來吸收部分中子，就可以控制核分裂反應的連鎖反應速率，讓能量慢慢釋出，這就是**核能發電**的原理。所以可以將核能發電廠看成是一顆尚未爆炸的原子彈！

因此管理運作核能發電廠必須非常謹慎，絕不能出一點差錯，否則就可能像原子彈那樣地爆炸，後果不堪設想！

1986 年蘇聯車諾比核能發電廠因操作人員的疏忽，導致核反應爐短時間內放出過高的能量而幾乎熔毀，並釋放出大量輻射物質進入大氣層中，導致方圓 30 公里內 30 多萬居民被迫撤離，事故發生時有 56 人死亡，但因有 60 萬人暴露在高強度的輻射線下，造成其後又有 3 千多人死亡。2011 年由於大地震造成的海嘯，使日本福島核電廠設備損毀，導致反應爐熔毀，輻射釋放，方圓 20 公里內 4 萬多居民被迫撤離。

所以即使核電廠的人員操作無誤，也可能由於天災而造成核電廠事故，導致可怕的高劑量輻射外洩，因而方圓 20 公里或 30 公里內的居民都必須撤離。由此看來，像台灣這樣面積又小、人口密度又大的國家，就不適合設立核能發電廠，設若萬一操作疏忽或天災造成事故，幾十萬人必須撤離，台灣這麼小，能撤到

哪裡？

　　X 光的輻射強度僅次於 γ 射線，人體過度照射會產生癌病變，最好一年照射 X 光不要超過兩次。當你去治療牙齒，牙醫要照 X 光時，一定要索取喉部護套，保護位於喉部的甲狀腺不要被照到，這是因為甲狀腺對輻射很敏感，被照到往往會從此改變其分泌量。甲狀腺分泌量多，使人亢奮，分泌量少，則變得遲鈍。

　　化學談到溶液的濃度，對農夫很重要，很多農夫在配製農藥的溶液時，總是比說明書上的濃度高很多，而浪費了很多購買農藥的錢。物理在電學中談到的**三用電錶**太有用了，三用電錶可測電流、電壓和電阻。有時候家中的電器，例如電鍋、電磁爐、電熨斗等等不通電了，就可利用三用電錶來查，到底是插頭還是插座的問題或是線路斷線了？化學的「酸和鹼」那一章也很重要，讓我們可以利用**廣用指示劑**的 6 種不同顏色變化，來了解哪些是強酸、弱酸或者強鹼、弱鹼？在某些情況之下，有時我們必須做這種判斷，例如商家宣稱某品

牌的化妝品是中性的，我們就可以用廣用指示劑來測試，是否呈綠色，否則就不是中性。

　　物理化學太有用了，如果這樣一直舉例下去，可能需要幾天才夠。除了這些生活上的用處，本文一開始也提到物理化學讓我們學到**科學態度**，這種科學態度讓我們在處裡一件事情時，都能根據事實及證據，而不會人云亦云或依靠直覺。科學態度顯然讓我們做事更容易成功，所以科學態度也是很有用的！

　　如果把物理化學比擬成一個王國，那麼其中的力學、聲學、光學、電學、化學……等等，就有如一座座肅然矗立的山峰，而在山谷中也有一幅幅美麗而令人感動的風景。例如：在物理課本中提到**阿基米得**發現**浮力原理**的故事，他在洗澡時悟出浮力原理，竟然興奮到沒穿衣服就衝到大街上，高喊：「我發現了！」

　　街上的行人應該會把他當成瘋子吧！但他那種狂喜，兩千年後的人們，在讀到浮力原理的背景故事時，依然能感受到他那種**領悟的快樂**！阿基米得在街上狂喊的畫面是一幅很感動

人的風景，我們因此知道：也許世界上最快樂的經驗就是領悟！

　　伽利略在比薩斜塔上，同時丟下一個木球和一個鐵球，結果竟然同時掉到地上！而在地面上觀看的那一群等著伽利略出洋相的教授們，原以為越重的物體一定越快到達地面，但結果全然不是如此，他們頓時窘迫得無地自容！伽利略 4 百年前站在比薩斜塔上的身影，也是愛好物理學的人心中一幅美麗的風景，它告訴我們：科學往往是違反直覺的！伽利略這個千古一擲太重要了，推翻了人們錯誤的直覺，才使物理學奠下堅實的力學基礎。

　　牛頓心目中的巨人伽利略去世後，**牛頓**發現了**萬有引力定律**：

$$F = GMm \diagup R^2$$

　　在物理中再也找不到比這個更重要的定律了，因為日月星辰都按照這個定律運行！常常當我仰望夜空時，看到滿天燦爛的繁星，一想

到牛頓找到了這些星星運行的法則，就讓我驚嘆不已，牛頓真是人類千年一出的天才！要不然為何能發現這個支配宇宙星球運行的定律呢？牛頓凝視地上的蘋果，思索蘋果為什麼會掉下來的畫面，是恆久感動人的畫面！會令人感動是因為：東西會掉下來，眾人都視為當然，只有牛頓會在不疑處有疑，終於發現了震爍古今的萬有引力定律！

　　法拉第只有小學畢業，但因他的苦學和研究精神，終於發現了**電磁感應原理**，這是 19 世紀最偉大的發現。由於這個發現，才有了發電機、發電廠，使人類進入電力時代，讓人們過著有電可用的方便生活。我不敢想像沒有電的生活，電視、洗衣機、電鍋、冰箱、手機、電燈……等等，隨便拿掉一種，都會造成極大的不便！只有小學學歷的法拉第，竟然會有世紀大發現！他拿著磁鐵，轉動線圈，出現感應電流的畫面使人感動和感恩，因為這個發現使人類進入電器時代，生活變得很方便！

　　宋朝的張載有四句名言，前兩句是：「為天

地立心，為生民立命」（註 4），如果說牛頓是「**為天地立心**」，那麼法拉第可說是「**為生民立命**」了！

愛因斯坦是 20 世紀最偉大的物理學家，他發表的相對論，裡面有一個**質能互變公式**：

$$E = M C^2$$

這個公式的涵義是物質和能量可以互相變換，也就是說：堅實的物體可以變成空虛的能量！原子彈已經證明這個公式是正確的，那麼，這不就是《**心經**》說的「**色不異空，空不異色**」的最好註解嗎？理化在這個地方，竟然可以用來證明心經哲學，真是令人驚嘆！愛因斯坦對著德國科學院的院士演講，在黑板上寫出：$E = M C^2$ 這個公式的畫面，是 20 世紀最令人驚嘆和感動的科學風景！

本文原來是要談「物理化學在生活中有甚麼用？」，因此可能有人要問：物理和化學裡面的這些感動和驚嘆有什麼用呢？我不知道有什

麼用，我只能反問，為什麼人們會去接觸文學和藝術？還不是因為文學和藝術能使人感動！那麼這些感動有什麼用？

註1：這個化學反應式的正式寫法是：

$$CaCO_3 + 2H^+ \rightarrow Ca^{2+} + CO_2 + H_2O$$

註2：這個化學反應式的正式寫法是：

$$Fe + 2H^+ \rightarrow Fe^{2+} + H_2$$

註3：這個核反應式的正式寫法是：

$$^1n + ^{235}U_{92} \rightarrow ^{143}Ba_{56} + ^{90}Kr_{36} + 3^1n$$

註4：張載的四句名言是：「為天地立心，為生民立命，為往聖繼絕學，為萬世開太平。」

讓我們都來讀臉書大學兼修 Line 學分

　　在悠悠的千萬年歲月中，台灣島正往西南方緩緩移動著，載著它的美麗的山川和平原，載著生活在島上的不同悲歡人生的居民。這是多麼震撼人心的一幅畫面呀！令人會有一種莫名的感動湧上心頭！真感謝臉書，讓很多人沒有遺漏掉這麼寶貴的知識！

　　19 世紀時，人們通訊的方法只能靠郵局來傳遞信件，到了 20 世紀，由於發明了電話，於是人們第一次可以和萬里之外的親友講話寒暄，這是第一次的通訊革命。想不到來到 21 世紀之後，又掀起了第二次的通訊革命，就是**網路通訊**！

　　這次的通訊革命更加令人驚奇，不但可以和萬里之外的親友通話，而且還可以在螢幕上看到對方。而既然有了螢幕，當然也可以利用

這個螢幕寫一些文字或畫一些圖畫讓對方看得到，也可在螢幕上播放影片或動畫或玩遊戲。綜合以上這些網路功能，於是有創意兼程式能力很強的人就在網路上創立了**臉書**（facebook）平台。

雖然臉書公司需要有龐大的硬體和軟體設備，也需要雇用很多人員來維持運作，但是也可以在平台上刊登商業廣告。這樣一來，當使用臉書的人很多時，廠商就願意花很多錢來登廣告。廣告的收入也就足以支付維持臉書運作所需的費用，臉書公司支付完這些費用之後，甚至還會有相當的盈餘，因此臉書的使用人也就不用再支付任何費用了。除了臉書之外，其他的社交平台，像是 Line、推特、微博等等也都是免費的，其理由和臉書相同。

這個「使用者免費」的特點，與打電信局的長途電話必須支付昂貴的費用相比，真有天壤之別！因此臉書、Line 等等網路社交平台的愛用者也就越來越多，而電信局的長途電話使用者則是越來越少了。

　　網路社交平台中最有名且使用者最多的莫過於臉書，現在這個時代，除了老年人比較少用之外，大部分的人都有臉書。在臉書上可以和朋友交談，完全沒有距離的限制，即使相隔萬里之外照樣可以暢談無礙。

　　臉書除了有社交功能之外，還有娛樂功能，像是曾經流行一時的農場遊戲、Crush Saga、Criminal Case 等等。如果你進入手機上的「play 商店」，裡面幾千種的遊戲更是讓你永遠玩不完。臉書上也常會出現一些有趣的影片，包括特技表演、魔術、搞笑、舞台表演、音樂演奏或歌唱等等各種各樣的娛樂影片，等著你去點閱。內容大都很有趣，足以讓你消耗掉一天當中的所有時光！

　　如果臉書僅僅止於以上的社交及娛樂功能，必為有識之士所不齒，因為光陰是多麼寶貴呀！人生應及時把握時間來充實自己，豈可玩物喪志，整天抱著手機聽歌看表演，或和朋友聊八卦，言不及義？這根本就是在浪費生命嘛！但是這樣的批評也有一些不妥之處，因為

臉書也有其他正面的功能，包括文學、哲學、藝術、科學、醫學、歷史、地理等等無數的學問，我們都可以從臉書中汲取，所以**臉書其實也有教育功能！**

　　臉書就像一所大學，時時刻刻都在教導我們各種各樣的知識。例如在科學方面，舉個例來說，我們就看到有人在臉書上 PO 出 2015 年最重大的科學事件：美國的「新地平線號」探測器在飛行九年之後，成功地飛越冥王星，近距離取得冥王星的清晰照片。在這之前，冥王星看起來只不過像是一團模糊的白色球形物而已·我們從臉書上的動畫，可以看到探測器逐漸接近冥王星，而冥王星也顯出清晰的面貌，畫面是多麼令人震撼呀！報導很詳盡，這個動畫還可以一看再看，這是電視做不到的。

　　在醫學方面，臉書告訴我們很多有用的知識，例如毒物專家林杰樑醫師告訴我們：大骨湯不宜用來補鈣，因為含有很多重金屬；吃花生只能吃帶殼花生，因為沒有黃麴毒素的疑慮；不要吃豬血糕或臭豆腐，因大部分都含有

黃麴毒素；**黃麴毒素的解毒劑是深綠色蔬菜；**帶殼毛豆沒有任何農藥，且含有很多抗癌物質，吃毛豆比擦三瓶 SK-II 有效；喝一瓶可樂免疫力至少會暫停 4 小時；吃豬油會造成心臟血管疾病；千萬不要過度運動，走路是最好的運動；**咖啡和茶一天如果超過兩杯，鈣質吸收會變差。**

　　以上這些資訊對我們是多麼有用呀！如果你沒有去聽林醫師的演講，那麼要不是臉書上有人 PO 文，我們怎能獲得這些有用的健康知識呢？另外一則是巴特曼博士研究「水的治療作用」的新發現：水能產生天然的睡眠調節物質——褪黑激素，故能幫助入眠；水能使身體以天然的方式增加血清素的供應，因而能緩解憂鬱症；水能稀釋血液，故能有效預防心腦血管阻塞；水能增加身體內色氨酸的含量，因此能降低糖尿病患者血液中的血糖含量；水能將氧輸送進細胞，而因為癌細胞具有厭氧性，故能抑制癌細胞的生長；水是最好的天然利尿劑，故對高血壓患者有降低血壓的效果。因此

我們必須常常補充水分！像這些新的醫藥知識，在學校的健康教育課本中是看不到的，但在臉書的 PO 文中卻可以看到很多。

在地理方面，近來最使人感動的是一則 PO 在臉書上的影片，錄自大愛電視台一個專題報導〈**台灣島的身世**〉。影片中說，台灣島是五百萬年前因菲律賓海板塊擠壓歐亞板塊，從海中隆起而誕生的。這則報導與中學地球科學課本說的不一樣的地方在於：台灣在新竹以南逐漸隆起，而**在新竹以北則逐漸沉降，因此台灣島正以每一百年約一公尺的速度向西南方緩慢移動著！**而地球科學的說法卻是：整個台灣島都在隆起。

有看臉書的人，才知道課本的說法只對了一半！如果把一百年的時間軸縮短成一分鐘，就可以目睹台灣島的移動。在這個報導中，就附有這樣的動畫：在悠悠的千萬年歲月中，台灣島正往西南方緩緩移動著，載著它的美麗的山川和平原，載著生活在島上的不同悲歡人生的居民。這是多麼震撼人心的一幅畫面呀！令

人會有一種莫名的感動湧上心頭！本來若是沒有去看大愛電視台〈台灣島的身世〉專題報導的人，是會錯失掉認識台灣地理的大好機會的，真感謝臉書，讓很多人沒有遺漏掉這麼寶貴的知識！

在歷史方面，臉書一樣告訴我們很多歷史新知。例如有一篇福佬人研究專家——台大醫師陳耀昌研究福佬人 DNA 的文章，他說福佬人在古時屬**百越族**，在春秋戰國時代的吳越之爭當中，其中的吳國是最南方的漢族國家，越國則是屬於百越族。所以吳越之爭是你死我活的種族戰爭，句踐、西施都不是漢人，而是百越人。百越人包括福建（閩）、廣東（粵）、廣西及越南的住民，所以孫中山和民國初年與胡適齊名的學者梁啟超都有百越族的血統。百越族中漢化最晚的是**閩越**，閩南地區一直到東晉時才漢化，父系有一部分是來自北方的漢人。

相信台灣人若是得知現在的福佬人大都是漢族和百越族混血的後代，應該會備感驕傲，因為混血的後代比單一種族優秀。這些有關台

灣人血緣的知識，也是從臉書才得知的，課本完全沒有提到，因為這是學者最新的研究成果。

在文學方面，有一則臉書的 PO 文至今仍讓許多人讚嘆不已。有一首**英詩**被一位高人翻譯成中文詩，中文詩有白話詩、七言絕句、律詩、古詩（又分古體詩和楚辭）等不同形式，這位高人居然能將這首英詩的五種中文詩體都分別翻譯出來，而且都翻譯得很高雅！這首英詩如下：

You say that you love rain

But you open your umbrella when it rains

You say that you love the sun

But you find a shadow spot when the sun shines

You say that you love the wind

But you close your windows when wind blows

This is why I am afraid you say that you love me too

白話詩是這樣翻譯的：

你說你愛雨
但當細雨飄灑時，你卻撐開了傘
你說你愛太陽
但當它當空時，你卻看見了陽光下的暗影
你說你愛風
但當它輕拂時，你卻緊緊地關上了窗子
你說你也愛我，而我卻為此煩憂

作者大概覺得這樣翻譯還不夠典雅，再增加一個「白話典雅版」：

你說煙雨微茫，藍亭遠望；後來輕攬婆娑，深遮霓裳
你說春光爛漫，綠袖紅香；後來卻掩西樓，靜立卿旁
你說軟風輕拂，醉臥思量；後來緊掩門窗，漫帳成殤
你說情詩柔腸，如何相忘；我卻眼波微轉，兀自成霜

這樣的詩不僅典雅而已，其詩情畫意就像一縷幽香撲鼻而來，使人沉醉其中！翻譯的三

要素——信達雅中的「雅」，雅到濃得化不開，雖然信和達的成分因此而降低了，但這又何傷？詩本來就是抒情重於寫實，優美和典雅才是最重要的！作者的**七言絕句**版如下：

戀雨卻怕繡衣濕　喜日偏向樹下倚
欷風總把綺窗關　叫奴如何心付伊

　　詩意依然很濃，雖然只有短短四句，但藉著這些饒富意象的句子，充分描述了青春少女的內心情懷。也有**律詩**版：

江南三月雨微茫，羅傘疊煙濕幽香
夏日微醺正可人，卻傍佳木趁蔭涼
霜風清和更初霽，清感蛾眉鎖朱窗
憐卿一片相思意，猶恐流年拆鴛鴦

　　如果不是文學涵養極高，一定寫不出這樣詩意盎然的句子，水準絕對不輸唐詩三百首！可惜臉書這則 PO 文，作者並未具名，不知是

何方高人所為？更厲害的是，這位高人也寫出
了「**古體詩**」版：

子言慕雨，啟傘避之　子言好陽，尋蔭拒之
子言喜風，闔戶離之　子言偕老，吾所畏之

　　非常像《詩經》的口氣！差別在於詩經有
很多僻字，而這裡完全沒有，但是這樣反而是
優點呢！為什麼喜歡讀唐詩的人比讀詩經的人
多出很多，正是因為詩經的僻字太多了！還寫
出「楚辭」版：

君樂雨兮啟傘枝　君樂晝兮林蔽日
君樂風兮欄帳起　君樂吾兮吾心噬

　　韻味很像屈原寫的《離騷》風格，而且也
充分描述了詩中女子幽怨矛盾的心情。
　　這位高人將一首英詩翻譯成五種不同格式
的中文詩，而且都翻譯得這樣高雅，用字遣詞
非常優美，真是令人擊節驚嘆！從這裡也可看

出中文詩的優美絕非英詩所能望其項背。若能將臉書的這則英詩中譯好好琢磨一番，多吟誦幾次，中文涵養必能大大提高。

在藝術方面，除了常在臉書上看到歷史上有名的畫家例如梵谷、畢卡索、高更等人的作品，以及國畫名作，例如〈清明上河圖〉（包括動畫）之外，當代畫家的作品也常可見到。有一些無名的藝術創作者，他們的作品常令人有驚豔之感。最近在臉書上有一則令人讚嘆的藝術方面的 PO 文：一位自閉症小孩的畫作。他海闊天空的想像力以及用色能力人所罕及，幾乎可說已到達大師級的境界了！（請上網google「一個自閉症兒童的畫作」，即可看到這位自閉症小孩的作品。）

在哲理方面，臉書上的 PO 文就更多了，幾乎每天都有。作者諄諄教誨，真是用心良苦，但相信也有一些作者是孟子說的「好為人師」的心裡在作祟吧！

我看到臉書的一則 PO 文這樣寫：

日子要的是知足，生命要的是健康，心情

要的是愉快，朋友要的是真誠，心靈要的是善良，做人要的是骨氣，心境要的是淡然，做事要的是盡心，人生要的是無悔。

說得太好了，絕對是正確的人生觀！有多少人不顧健康，吸煙酗酒甚至吸毒，去做一些戕害自己身體的事？有多少人毫無真誠，只是想要利用朋友？有多少人沒有一點骨氣，只會趨炎附勢？有多少人做事不敬業，不盡心，只會表面工夫？有多少人到老時才後悔，只因少壯時不努力？但其中「心情要的是愉快」這句話應該是廢話吧？因為沒有人不想要心情愉快呀！重點是要如何去做，心情才會愉快？但作者並沒有告訴我們，可見這些「好為人師」的作者們，往往教誨有餘，方法不足。

有一則〈欣賞玫瑰禪意〉的 PO 文，作者也是諄諄教誨，告訴我們要「耐得住寂寞，享得了孤獨」，但是同樣地，也沒有告訴我們要如何去做才能耐得住寂寞？關於「耐得住寂寞」這件事，連大哲學家**叔本華**都認為一般人要做到是很困難的，真令人懷疑作者自己也能做到

嗎？

　　但在這篇文章中，作者將中國四大名著小說《紅樓夢》、《水滸傳》、《三國演義》、《西遊記》連結起來，講了兩句很有創意的話：

人啊！長了顆紅樓夢的心，

卻生活在水滸的世界。

想交些三國裡的桃園兄弟，

卻總遇到些西遊記裡的妖魔鬼怪！

　　這兩句話說得很實在呀！可不是嗎？人的心大都是柔軟的，但卻必須生活在殘酷的社會中；人都想交到正派的朋友，但往往交到一些小人。加上背景歌曲唱得這麼好聽，背景畫面中的玫瑰花是如此美麗，這篇文章多看幾遍是一定可以陶冶心靈的！

　　有一篇 PO 文談〈**巴菲特的人生哲學**〉說得很不錯，巴菲特是幾千億的大富翁，但他認為人生的成功和財富的多少沒有關係，他說「**人生是否成功，要看有多少人真正關心你、愛你**」。一個人的成就，是要看一生中，你善待過多少人，幫助多少人實現夢想，以及有多少

人懷念你。巴菲特本人也身體力行，捐出的錢迄今已達八千四百多億元（台幣）的驚人數目。

臉書中教誨別人的 PO 文非常多，但格局大都不如巴菲特這一篇，他們全都強調健康的重要，說沒有健康就沒有一切。這固然沒錯，卻很少提到要去關心別人，這些作者的自我（就是佛教說的**我執**）未免稍強了一些。例如有一篇〈小燕的一席話〉就說：如果自己有閒錢，就要去看美景，享美食；別把親情看得太重，到了人老沒用的時候，親情已經對你敬而遠之；要「多一事不如少一事」，中老年人對任何事情都不能太投入，否則會自食苦果；……

這些話說得很獨善其身和灰色，我不相信照這些話去做會有真正的快樂。

所以臉書中不同 PO 文的作者對人生的看法有很大的分歧，有無私的也有獨善其身的。其他很多事情的看法也大多如此，例如使用微波爐對人體有沒有危害？有說有害的，也有說對人體無害的；吃隔夜菜如何？有說對身體不

利，也有說但吃無妨的；喝牛奶好不好？有按照傳統，說對健康有益，也有說按照實驗結果對身體不利。顯然其中必有一個說法正確，另一個說法錯誤，然而如何取捨？這就要看你的判斷力了。古人說「盡信書不如無書」，同樣地，盡信臉書不如沒有臉書！

幸而對於一些普世價值，例如：**民主、人權、科學、環保、護生**等等，在臉書上的 PO 文並沒看過有反對的意見，所以看臉書久而久之還是會受到這些普世價值的啟發。再加上若是常看臉書上一些有關文學、哲學、藝術、科學、醫學、歷史、地理等等的 PO 文，日積月累所得的知識，並不會輸給一般的大學生。所以其實**臉書也是相當於一所大學**，因為其中包藏了太多的學問知識，等著你去汲取。

但是有些人的臉書卻很少有學識方面的 PO 文，看到的儘是一些娛樂訊息，這可能是因為你本身喜歡玩樂，所以物以類聚，以致你的臉書朋友雖然多，卻仍然是這類玩樂型的人，傳給你的當然也都是娛樂訊息了。如果是這樣的

話，就要自我檢討囉！

近幾年來繼臉書之後，Line（賴）也慢慢風行了起來，它的特色是能知道朋友是否已經讀了你的訊息，所以使用賴的人是不能「賴」的。如果你看了朋友寄給你的訊息，你卻毫無回應，這叫「已讀不回」，你無法向朋友賴說你沒有看到訊息。若是在情侶之間，「已讀不回」可能會造成嚴重的後果。就算是一般朋友之間，如果你接到朋友轉寄給你一些精彩的訊息，你至少也要回個表示感謝的表情符號或寫個讚字或轉寄另一則訊息回去。若已讀不回，則朋友不悅，可能從此不再寄訊息給你了。

Line 比較具有封閉性，不像臉書那樣開放，你可以透過你的臉書朋友去看他的朋友的動態，而 Line 就不行。除了封閉性，它又有一種「侵略性」，假設你有 50 位 Line 的好友，只要每人每天發給你一通，則你一天就會接到 50 通訊息！更何況有些人不只每天發一通，而是發很多通！嚴重時會讓你的手機每小時震動幾十次！使得你即使整天看 Line 的訊息也看不

完。倘若不看又擔心其中有重要訊息，而看了則要「已讀有回」，因唯恐不這樣會讓朋友不悅！如此地奉陪，寶貴的時間也就不知不覺地消耗掉了！

我有一位朋友說他平均一天收到 500 封以上的訊息，不要說看了，讓他連刪都刪不完！有不少人都陷入這樣的困境，這都是因為很多人太喜歡轉發，一次勾選十個人，再按確定鍵，瞬間你的十個朋友就能接到你轉發的訊息。轉發是這樣簡單，難怪很多人樂此不疲，然而，這樣氾濫式的轉發，其實是對朋友的一種疲勞轟炸！因為很多訊息層次並不高，你以為有趣，朋友卻覺得無聊。轉發的訊息應針對朋友的喜好，最好再加上幾句訊息內容的簡要說明，或者你的感想，這樣朋友將會感受到你的用心而感謝你！

由一個人在臉書的 PO 文或在 Line 轉寄的訊息，也可以看出他的水準和性格。有些人會PO 一些有意義的訊息，例如對知識、健康、為人處世等等有益的文章；有人專 PO 美麗的風

景；另有些人只 PO 娛樂訊息，例如表演、歌唱、搞笑等等。還有一種人連他們去餐廳用餐，也非要把所吃的菜拍照下來，然後放在臉書上昭告天下。也有人喜歡將自己孩子或金孫的可愛照片貼在臉書上，這是一種天倫之樂，和朋友一起分享本是無可厚非，問題在於頻率太高了，往往三兩天就貼一次，讓他的朋友早就看膩，膩到最後變成一種折磨。

　　因此**要了解一個人的水準和性格，到他的臉書去看一看就知道了**。如果孔子生於現在，他那句「如何了解一個人」的名言，應會多加四個字修正成這樣：「**視其所以，觀其所由，察其所安，見其臉書，人焉瘦哉！人焉瘦哉！**」

　　Line 和臉書一樣，對願意學習的人來說，同樣也是一種學習新知的工具，前提是必須有朋友寄給你各種有用的知識，你才有吸收知識的機會，所以要多交一些有深度的朋友，我們就能夠從臉書和 Line 中，獲得終身學習的機會，不斷地提升自己。

台語好詩何處尋？兼談台語詩的困境

　　台語好詩往往在台語歌詞中可以找到，因為台語歌詞都有押韻。詩要押韻就好像房子要裝潢，沒有裝潢的房屋一定欠缺美感，同樣沒有押韻的詩也會失去詩的韻味。

　　一首真正的好詩感人至深，例如**李白**的〈將進酒〉：

君不見黃河之水天上來，奔流到海不復回？
君不見高堂明鏡悲白髮，朝如青絲暮成雪？
人生得意須盡歡，莫使金樽空對月！
……（錄其前三句）

　　不愧是詩仙李白，此詩氣勢澎湃奔放，但在奔放中又帶著一種無常的感傷：早上還是黑髮，到了晚上竟然變成白髮了，形容人生苦

短。朗讀此詩，豪放和感傷交疊，激盪著我們最深處的靈魂，使我們深深受到感動。

再看**蘇東坡**的〈**水調歌頭**〉：

明月幾時有？把酒問青天

不知天上宮闕，今夕是何年？

我欲乘風歸去，唯恐瓊樓玉宇，高處不勝寒

起舞弄清影，何似在人間？

……（錄其前半段）

本詩大多數人都允為宋詞中最為登峰造極之作。有論者說一開始蘇東坡一連兩個提問，問明月何時出來？問天上的仙界今年是何年？是神來之筆；他又創造了一個詩意的奇幻空間，在其中舞動身影，想回去天上的仙界，卻又怕禁受不住天上的高寒，使讀者的心思，也跟著這首詩在天界、人間之中馳騁著，而感受到一種濃濃的詩意。

但是無論如何分析，都無法說明本詩為何有如此美極的意境，如此地感動人心。這就像

大家都知道在西洋古典音樂中，莫札特創作的音樂，旋律最為優美。但絕對沒有人能夠從他的音樂中，用分析的方法來說明為何他的音樂如此優美。藝術不像科學，是不可分析的，我們只能說他的音樂如此優美，是因為莫札特是不世出的音樂天才！

同樣地，蘇東坡這首〈水調歌頭〉，讀來飄逸空靈，讓人深受感動，也是因為蘇東坡是不世出的文學天才！至於其餘的分析和解釋都是多餘的。

那麼**台語詩**能找得到像以上這兩首如此水準的詩嗎？這兩首詩境界太高，若以這樣的高標準來要求台語詩，當然是過於苛求，但若以《**唐詩三百首**》的標準來看，其實有不少台語詩的感動力並不下於《唐詩三百首》。

尋找台語好詩，一般人一定會認為當然要從台語詩人的著作中著手。其實從**台語歌曲**的歌詞中尋找，反而是一個更好的方法。因為有很多台語詩人受到現代詩的影響，作品早就不押韻了，因而失去詩的韻味和音樂性，只能稱

為分行的散文而已，已經不再是詩了。

　　相對於台語詩人的作品大多不押韻，台語歌曲的歌詞則大多數都押韻，所以相信其中一定隱藏著很多台語詩的寶藏，等待我們去挖掘！誠然其中大多數歌曲的歌詞都很平庸，甚至有些還鄙俗不堪，但也有少部分歌詞很有深度，例如〈**淡水暮色**〉就是一例：

日頭將欲沉落西　水面染五彩
男女老幼在等待　漁船倒返來
桃色樓窗門半開　琴聲訴悲哀
啊！幽怨的心情無人知

朦朧月色白光線　浮出紗帽山
河流水影色變換　海風陣陣寒
一隻小鳥找無伴　歇在船頭岸
啊！美妙的啼叫動心肝

淡水黃昏帶詩意　夜霧罩四邊
教堂鐘聲心空虛　響對海面去

埔頂燈光真稀微　閃閃像天星
啊！難忘的情景引心悲

　　這首詩的意象非常豐富：落日、漁船、小鳥、夜霧、琴聲、桃色樓窗、寒冷的海風、稀微的燈光、朦朧的月色、閃爍的星光。整首詩讀起來，心中就浮現出一幅聲光交疊的美麗畫面。

　　在夕陽西下，餘暉將水面染成五彩的淡水河邊，所有的人不分男女老幼，都在急切等待漁船回來，漁船中的人也許是他們的丈夫，或者是他們的兒子，或者是他們的父親。這場面是多麼地溫馨啊！而畫中的桃色樓窗傳出的幽怨琴聲，也讓人感染到一種淡淡的感傷。

　　接著朦朧的月亮從紗帽山浮上來了，河水又變化出不同的顏色，海風越來越冷，一隻歇在船頭的孤鳥不斷地啼叫著，觸動人們的心思。接著夜更深了，霧也越來越濃，遠處傳來的鐘聲給人孤寂的感覺，天際的燈光微弱地閃爍著，像天上的星星。

　　這真是一首唯美的好詩！經過這首詩的渲染，黃昏的淡水海邊就更加美麗迷人了！〈淡水暮色〉被大多數台語歌謠研究家認為是早期台語歌謠中歌詞最優美的一首，其優美的程度可直追《唐詩三百首》中的〈楓橋夜泊〉：

月落烏啼霜滿天　　江楓漁火對愁眠
姑蘇城外寒山寺　　夜半鐘聲到客船

　　〈楓橋夜泊〉是唐朝詩人**張繼**所作，在《唐詩三百首》中是很有名的一首，一千三百年來為很多人所喜愛，也是日本人在所有唐詩中的最愛，張繼因作了這首著名的詩而名留千古。

　　相信**葉俊麟**創作了這首〈淡水暮色〉，也一樣會名留千古，因為除了這首詩的優美程度不遜於〈楓橋夜泊〉之外，它也美化了台灣北部的一個海邊小鎮。

　　實際上，淡水鎮各界人士，早就將這首詩刻在很大的石碑上，矗立在淡水海邊了。〈淡

水暮色〉整首詩美化淡水小鎮的程度，更勝於花費數千萬元建造的淡水漁人碼頭十倍，因為嘉義東石海邊一樣也可以仿造出一座東石漁人碼頭，台灣所有的海邊都可以建造漁人碼頭，唯有〈淡水暮色〉這首詩，別的地方無法仿造。

　　因此淡水在人們的心目中，將會永遠停格在〈淡水暮色〉這首詩所描繪的溫馨且詩意的畫面上，再加上**洪一峰**為這首詩所譜的曲子極為優美，詩和音樂的雙重效果，使得〈淡水暮色〉這首詩用唱的比用朗誦的，其感動力更是加倍！

　　葉俊麟先生除了這首〈淡水暮色〉之外，尚有許多其他優秀作品。例如為人所稱道的〈**男兒哀歌**〉：

　　　船螺聲音交響著酒場小吹聲
　　　港都又是船入港，回復歡樂影
　　　酒是不倒來嗎？無醉我不行
　　　你我乾杯驚什麼？何必著來驚

你和我不過是同款的運命

……（錄其前五句）

　　讀來感情澎湃，頗有李白〈**將進酒**〉的豪氣和感傷，是台語詩的優秀之作。

　　除了葉俊麟之外，尚有周添旺、李臨秋和陳達儒，都是有名的台語歌謠作詞大師。如上所述，好的歌詞其本身就是一首好的台語詩。因此這三位作詞家必然也有很多好詩隱藏在其歌詞之中，有待我們去發掘。

　　上文已經說過，有很多台語詩人受到現代詩的影響，作品不押韻。不過也有少數作品是有押韻的，從這些押韻作品中，我們也可以找到不少好詩。例如**宋澤萊**這首〈**若是到恆春**〉：

　　若是到恆春　　著愛落雨的時陣
　　罩霧的山崙　　親像姑娘的溫純

　　若是到恆春　　愛揀黃昏的時陣
　　你看海坦的晚雲　　半天通紅像抹粉

若是到恆春　著愛好天的時陣
出帆的海船　有時遠有時近

若是到恆春　免揀時陣
陳達的歌聲若唱起　一時消阮的心悶

　　這首詩應列為台語詩的經典之作！詩中所呈現的恆春，是多麼的唯美啊！在不同的時刻，例如濛濛細雨時，或是夕陽西下時，有時恆春像清純的姑娘，有時又會濃妝豔抹；天氣好的時候，近的遠的船隻點綴在海面上，構成一幅美麗的風景。

　　最後一句是神來之筆，提到陳達的歌聲，使人忘掉煩憂。於是陳達一面彈著月琴，一面用飽經滄桑的唱腔吟唱的畫面浮現出來了，這是恆春曾有過的最獨特而感人的風景！

　　因此恆春就停格在這樣美麗的畫面上了：濛濛細雨時的清純，黃昏時的濃妝豔

抹，遠遠近近點綴在美麗海面上的船隻，並迴盪著陳達的歌聲，這不是一幅很唯美的畫面嗎？即使千百年後，恆春古城牆因不敵歲月的摧殘而倒塌了，但這首〈若是到恆春〉一定還會傳誦下去，而恆春也會因此永遠是一個帶著詩意的美麗小鎮。這就是詩的力量！

除了宋澤萊這首〈若是到恆春〉之外，其他的台語詩人也有不少經典之作。例如**林央敏**的〈**看見鄉愁**〉：

細漢時陣，鄉愁是一首詩
寫置一本古冊裡
天涯浮雲遮著故鄉落日
流浪的馬車長長一聲
變做四四角角的形影
……（本詩共 16 句，錄其前 5 句）

這是多麼美的一首詩啊，既有音樂的節奏，又有豐富的意象！還有**路寒袖**的〈**春天的**

花蕊〉，這首詩太有名了，已經被譜成曲子。**林建隆**的〈**菅芒花的春天**〉，在美美的氛圍中散發著一種淡淡的感傷。還有其他很多首很美的台語詩，就不再一一舉例。

好詩有三個條件，首先要有感動力，其次必須押韻，第三是不可有僻字。沒有感動力就絕不會是好詩。如上所述，〈**淡水暮色**〉和〈**若是到恆春**〉這兩首詩，分別營造出兩個詩意的小鎮，這就是詩的力量！而詩的力量正是來自於詩的感動力。

再談詩的押韻問題，現代派的詩人幾乎都主張不必押韻，理由是押韻會阻礙他們的詩思或想像力，所以他們所作的詩幾乎都是不押韻的。結果因為失去詩的韻味和音樂性，而使得現代詩無法為社會大眾所接受。這些詩人所出版的作品也大部分因此而滯銷了，能賣出去的少得可憐。

詩是需要經營的，不是單憑天馬行空的詩思，就可以成詩。寫成詩稿之後，必須再加以精鍊，包括詩句本身的精鍊和句子的押韻，這

樣朗誦時才會有音樂的美感。貝多芬的〈第九交響曲〉非常動聽，但以他這樣的音樂天才，在作曲時也是經過無數次的修改才定稿。同理，不管是多麼有才華的詩人，如果一首詩不精練成押韻的形式就發表，就好像營建商在房屋建成之後，只有粗胚還沒裝潢就推出一樣，一定欠缺美感。欠缺美感的詩又如何能感動人呢？

　　最後談詩的僻字問題，詩最忌有僻字。《唐詩三百首》為何能深入民間？原因就在於用字大都很淺易，再加上押韻，讓一般人都能朗朗上口。但這三百首中，也有少部分的詩是有僻字的，例如**王維**的〈**渭城曲**〉：

渭城朝雨浥輕塵　　客舍青青柳色新
勸君更盡一杯酒　　西出陽關無故人

　　其中「浥」是罕見字，一首詩若是用了罕見字，每當吟到這個字時，必定心中打結，以致詩的美感被破壞了。其實這首詩的意境是很

美的，可惜被「渴」一個字拖累了！

　　台語詩碰到的困境就是類似這樣的情況，有百分之二十五的台語有音無字，無法用漢字表達，只好找一些代用字來將就使用，但這樣一來往往讓人「有看沒有懂」。

　　例如最近報紙刊登一首詩，記載一則溫馨的故事，詩題是〈阿爸的卡赤屏〉。乍看之下一定不懂「卡赤屏」是什麼？要想一會兒才知道原來詩題的意思是「爸爸的背部」。「赤」的發音要唸成「ㄐㄧㄚˋ」，「卡赤屏」是「背部」的意思，但如果不知「赤」要唸成「ㄐㄧㄚˋ」，就永遠不知道「卡赤屏」是在講什麼了！台語的「背部」寫成「卡赤屏」不是很怪嗎？某些有音無字的台語硬要套進一些漢字，結果看起來會很怪！

　　其實解決台語書寫的困境很簡單，使用「**漢日混用法**」就可以了！也就是將全部有音無字的台語，通通使用日文字母來拼音，問題即可全部解決！（見本書〈台語這樣寫很優雅〉一文）

　　例如〈阿爸的卡赤屏〉寫成〈阿爸的かちア屏〉就一目瞭然了，知道是在說「爸爸的背部」。而且因為日文字母和漢字一樣，本身也是方塊字，因此和漢字混合在一起顯得很搭調，平假名又具有草書的優美，看起來高雅多了！

　　平假名是世界上所有的字母中最優美的一種，因為它獨具草書的美感。如果所有的台文採取「漢日混用法」，則不但解決了書寫的困境，並且大大地提升所有的台文──包括台語詩的高雅程度！

張文環的〈過重〉與朱自清的〈背影〉

　　本文是將日治時期台灣作家張文環的短篇小說〈過重〉，拿來和朱自清的短文〈背影〉作比較，這樣才容易了解〈過重〉這一篇的感動力其實更在〈背影〉之上。很多台灣文學作品都像〈過重〉這樣，非常傑出而且充滿了感動力。

　　朱自清的〈**背影**〉是一篇敘事性的散文，它描述父子間的親情，令人感動。由於這篇文章幾十年來一直出現在國中的國文課本中，因此很多人都有印象，可說是一篇很出名的文章。

　　但卻很少人知道，**張文環**也有一篇描述母子間親情的文章〈**過重**〉，在這篇文章中，處處可以看到母子間的感人親情。與〈背影〉不一樣的地方是：除了親情這個主軸之外，〈過重〉

還有另外一個主軸，就是對於弱勢農民的關懷。

〈過重〉一文的大意是：一位農婦阿春嫂帶著她的孩子，到市場去賣香蕉。她用扁擔辛苦地挑著兩籠香蕉，背上還背著兩歲嬰兒，從家中總共要走一里半的迢迢長路，並越過兩個坡，才能到達市場。

她要賣的香蕉總共大約八十斤左右（折合四十八公斤），一個婦道人家怎麼扛得動？她只好叫她的兒子「健」幫忙提二十斤的香蕉。但是那一天剛好是健就讀的公學校（日治時代的小學）節慶的日子（文中未清楚交代，可能是校慶），阿春嫂希望健不要去，但是健卻認為節慶的日子去學校才是最快樂的。

她要求他：「如果一定要去，就要扛這些去，好嗎？」

對於一個十一歲的孩子來說，二十斤的香蕉（約折合十二公斤），實在太重了，使得他「想了一陣子」，最後才答應了。

文中有很多地方都沒有詳細交代，也許是

要留給讀者想像、推敲的空間吧！例如為什麼健要「想了一陣子」，最後才答應幫媽媽扛香蕉？

　　健應該不是因為香蕉重的關係，才遲疑不想扛香蕉，而是那一天是學校的節慶，他非常想去學校，如果幫母親扛香蕉去市場，就錯失去學校參加節慶的機會了。但是正因為香蕉很重，健想到如果他不幫忙扛香蕉，母親一個人一定扛不動，因此才答應了。

　　這樣的推想可以在後面的一段情節裡得到證實：當走在前面很遠的健扛著香蕉爬到坡頂的時候，就從肩膀卸下香蕉，想休息一下，看到母親之後再走。他看到母親在坡下彎著身軀扛著香蕉正在往上爬坡，他心裡想：

　　「母親真有力氣爬到這兒來嗎？」

　　喘著氣好像很辛苦的母親的姿容，使健瞬間湧上對母親的戀慕之情，覺得母親很可憐。他不由得大聲地喊出：

　　「媽——，有沒有問題？」而差一點就流淚了。

「或許母親爬到坡上就吐血死去也說不定。」健這麼一想，就拼命地跑向坡下去。

「健啊！跑下來做什麼？傻瓜，好不容易爬上坡了，還要……」母親喘著氣這麼講，使健有點放心了。

母子之間至情至性的親情在此展露無遺，真是令人感動。但是更感動人心的情節還在後面。

當阿春嫂擔著香蕉背著嬰兒，好不容易走到市場時，她的香蕉價格卻被城裡來的行商殺得很低，只願意以六十錢收購。最後她無奈只得依行商的出價賣掉這些香蕉。

香蕉的重量必須拿到市場稅務所前的秤量處來稱。

「八十二斤半，扣除籃子重量是八十斤。」稅務所的幹事說。

三錢的稱量手續費是商人要繳的，但是稅金的部分，幹事卻要求阿春嫂要繳納十錢。

「一百斤才要繳十錢，請算五十斤好不好？香蕉實在太便宜啦！」

的確，她的香蕉總共才賣六十錢，稅金卻要繳十錢，竟然高達六分之一，顯然很不合理。

「我們不管妳香蕉賣多少錢，嫂仔，五十斤是五錢，而超過這重量一斤就要算一百斤的稅，這是規定，所以要繳十錢。」

「不，這樣太沒道理。只有六十錢的貨，還要收十錢，哪有這種道理？」

「不繳嗎？生番！」

她據理力爭，但是幹事拒絕，還不斷地用言語來羞辱她。她提出五錢銅幣，並做出要離開的姿勢，幹事喊住了她。她回過頭來時，太陽穴的地方浮上了青筋，是真的生氣了。

「你要怎麼辦？」

「還不懂嗎？那麼到派出所去，到那兒，妳就該知道。」

旁邊的豆腐商勸她不要惹麻煩，健也拉了母親的衣袖，阿春嫂終於給了十錢。

「多拿人家的錢，是要拿去買喀血藥！」幹事離去之後，阿春嫂大聲地罵著。在回程

中，她偷偷用衣袖擦拭眼淚。

　　咒罵本應是讓人不快的，但在這裡剛好相反，可說是罵得好，罵得大快讀者的心。如果這篇文章的最後，沒有阿春嫂這一罵，反而會讓讀者的情緒沒有一個紓壓的出口。

　　她的咒罵是合乎人性的，試想一個人受到這樣的境遇：挑著很重的貨物，走很長還要爬坡的路，衣服都汗濕了，結果香蕉被殺到很低的價格，稅金卻又那樣高，因此生氣甚至咒罵都是必然的。張文環的小說人物有一個特色，就是都很合乎人性，事實上不合乎人性的小說是不會感動人的。

　　例如台灣某些電視劇裡的人物，常常看到演妻子或媳婦等角色的，受到各種暴力待遇竟還能百般忍耐，至少在背後也該表現一下不平之氣吧？但是完全沒有，有如聖人一般，令人幾乎看不下去。不合乎人性的編劇手法，是台劇不如日劇或韓劇的原因之一。

　　文末，「她偷偷用衣袖擦拭眼淚」這句話，帶領讀者的情緒到達最高點。當幹事羞辱阿春

嫂及恐嚇要送她去派出所時，讀者的情緒是憤
怒的，對於幹事欺壓農婦感到憤慨。等到阿春
嫂偷偷擦拭眼淚時，情緒又轉變成一種深沉的
悲哀，悲哀台灣農民受到殖民統治當局的剝削
時，是如此地哀哀無告。

　　當母親在市場和那些行商為了香蕉的價格
而爭論時，為什麼健要拉母親的衣袖？而母親
也因而決定接受對方提出的六十錢價錢。第二
次健拉母親的衣袖是在母親為了稅金問題和幹
事相持不下時，也因為健拉她的衣袖，而決定
放棄爭執，交出十錢的稅金。

　　為什麼健要拉母親的衣袖呢？張文環的文
章常常會留下一些隱晦的部分，讓讀者有推敲
想像的空間。相對的，朱自清的〈背影〉一
文，從頭到尾都是清清楚楚的平鋪直敘，缺少
文章的曲折性，也因此很難讓讀者有推敲想像
的樂趣。

　　健拉母親的衣袖，應是因為他急著要趕去
參加學校的節慶。對健來說，幫母親扛香蕉去
市場已耗去了不少的時間，如果母親再在市場

作一些無謂的舉動，不但徒然浪費時間，而且會讓他趕不上參加學校的節慶。健雖然只是小孩子，但一定已從多次伴隨母親的經驗中，了解和那些行商及惡吏周旋，只是徒然浪費時間而已。

而母親只要每次健拉她的衣袖，就停止爭論，是因為她對健存有一份愧疚。她告訴健有節慶的日子不必去學校是違心之論，實際上是因為她必須靠健來幫忙扛香蕉，才不得不這樣說。她本來就希望趕快把賣香蕉的事告一段落，好讓健趕去學校參加節慶。更何況她也知道和那些行商、惡吏周旋是不會有結果的。至於為什麼知道沒有結果，還是要去爭論，當然是因為她不甘心！不甘心所賣的價錢竟然只有稅金的六倍！

在賣完香蕉之後，母親告訴健說：

「健！去學校還來得及嗎？現在，是不是可以去啊？」這說明先前母親告訴健有節慶的日子不必去學校，確是違心之論。

然而，健只是看著自己的腳搖頭。

　　不是很希望去學校參加節慶嗎？為什麼健突然又決定不去學校了？原來在本文前頭提到，健一面扛著香蕉一面在想，學校中舉行儀式的場所，或許已經裝飾得很漂亮了，女孩子也會穿得很漂亮。像他自己這樣沒有盛裝的男孩子，站在美麗的女孩子旁邊，是多麼不調和啊！或許不去學校比較好也說不定。因此他低頭看著自己一身寒酸的衣服，終於決定不去參加學校的節慶了。

　　健「感嘆自己沒有出生為街上的孩子，是非常的不幸。」他並曾經埋怨，像他這樣一直在幫忙家務，母親卻連一套漂亮的衣服都不做給他。

　　但是當他在坡上，看到母親在坡下彎著身軀扛著香蕉，很辛苦地往上爬坡時，他又覺得母親很可憐，而差一點流出淚來，並拼命地跑下坡，往母親那邊跑過去。

　　這樣的愛怨交織，比起只描述母子間的愛，更讓讀者感動。因為健的抱怨沒有漂亮的衣服，其實是歸因於家中的貧窮，健一定也能

理解這一點，所以怨歸怨，還是沒有減損他對母親的愛。以至於看到母親彎著身軀扛著香蕉，很辛苦地往上爬坡時，才會急得差一點流出淚來。。

朱自清在〈背影〉一文中，描述父親對他的愛，譬如父親為他買橘子，很辛苦地爬上月台的經過。這固然讓人覺得他是一位慈愛的父親，而受到感動，但是情節遠不如〈過重〉的曲折。〈過重〉裡面的愛怨交織，使讀者受到更大的感動。這就像水果，酸甜兩味並陳的柳丁，一定比只有甜味的甜橙好吃。感情的世界也是一樣，只描述愛，是單調的，感動力也比較低，只有愛怨交織的描述，不但豐富了文章的內容，也提高了劇情的感動力。

為什麼會讓婦人和孩子扛這麼重的香蕉去市場賣？孩子的父親到哪裡去了？文中沒有清楚的交代，但是在〈過重〉的文末，我們看到這麼一段描述。當母子在賣完香蕉的回程中，母親催促著說：

「走快一點，豬仔們餓得在叫了吧！」

健才想起有一天早上父親的事，而不得不趕路。那是好像有人，從背後追逐過來，一種恐怖的感覺。如果那些人真的追逐過來，母親會不會也像父親那一次一樣被奪走？

文中沒有說明父親被奪走的是生命或自由？然而因為豬仔讓健想到父親的事，也許可猜測父親會「被奪走」可能和養豬有關。日治時期統治當局強令農民養豬，並規定農民不得私自宰殺豬隻，不少農民為了吃豬肉私宰而違犯當時的法律，以致被抓走。以此推論健的父親應是失去自由，正被關在牢獄之中。本文在這方面沒有清楚的交代，所以也不能排除父親因為抗日而被奪去生命的可能性。但無論如何，失去男主人的家，卻讓母子倆吃足了苦頭。

張文環對弱勢農民的關懷，在此篇小說中顯露無遺，非常令人感佩。相對於另一個主軸，母子間的親情，雖然也很令人感動，但我相信，對弱勢農民的關懷這個主軸，對讀者的感動力更大。文學家本來就應該關心社會中的

弱勢族群，並在作品中揭露其中的不公不義。他顯然在這篇作品中做到了，所以才有這麼大的感動力。朱自清的〈背影〉一文只有親情，並未及於社會的關懷，因此感動力稍顯不夠。

張文環這篇短篇小說的背景，是台灣上個世紀的二十年代，距今約九十年前的農村社會。他小時候住在嘉義縣梅山鄉，以敏銳的觀察力，觀察梅山地區的農村婦女，而塑造出阿春嫂這樣一位刻苦耐勞，堅毅不屈的農婦角色。這樣的性格其實也是大多數台灣農村婦女的典型性格。由於梅山是張文環小時候的居住地，因此不單是他所形塑的阿春嫂堅毅不屈的性格，連本文中的故事情節，其素材及靈感的泉源必然也是來自於梅山農村。實際上他另外還有很多篇小說，其靈感來源同樣來自於梅山地區，梅山人真是與有榮焉！

張文環小說《爬在地上的人》

　　研究張文環文學作品的權威，陳其南教授認為：在所有台灣日治時期 82 位作家之中，張文環的文學作品之美應居第一名！

　　張文環出生於梅山鄉太平村，是日治時期台灣有名的作家之一。他的大部分作品都發表於日治時期，但長篇小說《爬在地上的人》則遲至 1974 年才完稿，這一年他 66 歲。

　　他在年輕時看到雜誌上刊載不少有關談及台灣人的文章，但都缺少一種對人的關懷，以及感情面的描寫。這使他感到不滿，這種不滿成為他走入文學創作的原動力。他希望寫出的文章是感性的，有人味的，並且能寫出台灣人生活的嘆息。在他的很多作品中，我們的確感受到他豐沛的感性，這種感性表現在他對生活於社會中普羅大眾的關懷。

　　長篇小說《爬在地上的人》長約 15 萬字，故事的情節很曲折，有些部分使人很感動，有些部分則讓人有忍俊不住的諧趣。作者藉著敘述梅仔坑兩個家族的故事，描繪出往昔梅仔坑居民的樣貌，無論是環境、習俗、民情、房舍、衣著等等都有清楚的描述，使我們彷彿置身其中；而兩個家族內部和對外的恩怨情仇，更能觸動讀者的心絃。張文環想要藉此來呈現出當時梅仔坑居民的悲歡離合和他們的喜怒哀樂，其實這些也可說是當時居住在鄉下的台灣人生活的縮影，因此他不但寫出了梅仔坑居民生活的嘆息，也寫出了那個時候台灣人生活的嘆息！

　　在日治時期梅山鄉稱為**梅仔坑庄**，故事敘述的年代從西元 1908 年一直到 1945 終戰那一年，橫跨將近 40 年的時間，幾乎涵括了大部分的日治時期。本文先概略地敘述故事內容，有引號的部分表示引用原文。但因張文環的小說都用日文書寫，從日文翻成中文時，譯者的翻譯有時不夠順暢，因此本文在引用原文時，在

不違反原意之下，會斟酌稍加修改。

　　故事從**陳久旺家族**開始，陳久旺的父親經營金源成商店，算是梅仔坑庄的有錢人，明治41 年（1908 年）獨子陳久旺已經 24 歲，他環顧整個梅仔坑庄，覺得並無門當戶對的女孩能和其兒子匹配。恰好此時有媒人來說親，對象是竹崎庄（終戰後改為竹崎鄉）遠近馳名的吳家藥店吳漢醫的獨生女。當時的婚姻都要雙親同意才可以，而男方父母注重的除了媳婦要賢慧之外，最重要的是要多產。當時民間傳言「屁股大的女人是多產的」，陳久旺的父親打聽到女方有個大屁股之後，就高興地答應了這門親事。

　　新娘吳氏錦的父親是竹崎庄的中醫師。現在從梅山到竹崎開車只需 15 分鐘，但當時還沒有汽車，從梅仔坑庄到竹崎庄徒步需要三個小時。由於選定吉時必須在早上 6 點出發迎娶，因此總共 78 人的迎娶隊伍凌晨 3 點就在陳家的院子裡集合，其中光是扛禮物的就有 48 人，禮物共有 24 籠，可見排場的盛大！途中要「越過

河溪，穿過密林」才能到達竹崎庄。迎新娘的隊伍在早上 9 點到達竹崎庄，新娘就跟娘家舉行惜別儀式，然後進入花轎，隊伍再向梅仔坑庄走回去。「這時就會有很多人在路邊看熱鬧，看嫁粧並猜測值多少錢」。

久旺讀過公學校（台灣人讀的小學），「在當時的鄉下也可以算是了不起的知識人」，而他今天娶來的新娘，「在當時也算是稀罕的一位喜歡讀書的才女」。按當時習俗，結婚之後一個星期，新郎要跟著新娘回娘家。新娘坐轎，新郎徒步，其他隨行的約有 10 人，娘家也要邀請親友來迎接。「新郎新娘吃過午餐要回婆家，娘家這邊都要準備很多禮物送回去」。

阿錦是一位很能幹的媳婦，很會處理家事，「能有效率地指示洗衣阿婆和兩個炊事婦，廚房整理得很乾淨」。在空閒的時候，她就看看《西廂記》，低吟裡面的詩，「每次聽到她吟詩時，丈夫都十分得意，婆婆也讚美她」。年輕老闆陳久旺在婚後也更加勤奮了，常在黎明時就起來，幫忙把貨物裝入台車。老掌櫃常向大老

闆讚美年輕老闆的勤勞。

山村的農夫們每天要把山產拿到街上的商店，回程時再買一些日常用品回去。台灣在滿清統治時期盜匪很猖獗，日本統治之後「治安忽然好起來，盜匪都消失了」，因此生意就興隆起來。為了和別的商店競爭，久旺常要招待從嘉義市來的批發商去料理店，這種料理店都有年輕藝旦，秀琴是二十歲的藝旦，宣稱賣藝不賣身，她會彈琵琶也會吟詩，例如這樣的詩：

勸君莫惜金縷衣　勸君惜取少年時
花開堪折直須折　莫待無花空折枝

久旺和阿琴在一起時覺得很快樂，他拿出妻刺繡給他的錢包送給阿琴，錢包裡面有 20 元，「當時服務了 15 年的老掌櫃月薪才 15 元」。不久錢包和大金 20 元的事，不知為什麼卻傳到了街上，久旺的夫人阿錦也聽到了，她向婆婆哭訴。公公知道後卻說：「由於生意競爭厲害，說不定是對手惡意要陷害我們。」焦急

的阿錦想出一計，她以 5 元高價託洗衣阿婆向藝旦買回錢包，若事成再送 5 元禮金給阿婆。有錢好辦事，不久果然阿婆將錢包買回來了，阿錦拿著錢包跪在公公的面前。

「叫久旺來問個清楚，真是不像話！」公公很憤怒。

久旺來了，老父大聲斥責：

「你，不覺得羞恥嗎？」話才說完，口吐白沫，身軀竟從椅子上倒下去了。「久旺跪在地上喊著：『爸爸對不起』而哭起來」。金源成的大老闆腦溢血死去的消息立刻傳遍了全街。

陳家遭此劇變，幸虧有忠心耿耿能力又強的老賞櫃掌管店務，因此商店的營運並不受影響。由於阿錦一直未生育，因此她向婆婆商量要領養孩子，台灣的習俗認為「抱了養子之後，立刻會生弟弟」。所以婆婆同意了，丈夫也無異議，於是阿錦立刻寫信回娘家，拜託她父親吳漢醫幫忙物色一個孩子來作為養子。有一次吳漢醫往診回來，在半途的小雜貨店休息喝茶，剛好 50 歲左右的舊識農夫陳進財進來，對

著吳漢醫說：「先生，你看這些酒都整整齊齊的排列在棚架上。」

「嗯！沒錯，不過本來不是就要這樣嗎？」吳漢醫說。

「可是先生，把那些裝進肚子裡，就會熱鬧起來，不會那樣整齊規矩喲！」坐在店裡的農夫們都一齊笑出來了。

「在割稻前的農閒期，農夫們常常都會聚在這樣的小雜貨店，閒聊取樂」。從閒談中吳漢醫知道陳進財生有男孩八個，女孩三個。吳漢醫向進財提及女兒想要養子的事，陳進財當場很乾脆地答應了，「他心想自己的孩子給富裕人家當養子，對孩子的將來也不錯，而且我這邊還可以少一個吃飯的人」。

約定的中秋節那天，陳進財背著五歲的啟敏來了，啟敏是說好的要送給陳久旺作為養子，「有生以來頭一次到這種地方，啟敏全身畏縮不動，養母阿錦抱起了他，唱歌給他聽，讓他感受到溫暖」。啟敏覺得這裡雖然有糖果可以吃，也有很多玩具，但卻不能自由地在原野中

奔跑，「像猴子關在籠子裡」。

　　啟敏的小床放在養父母的房間裡，「光從這一點可以證明啟敏在家中的地位非常高，因此店員們也對啟敏奉承起來了」。他穿著質料好的衣服，顯示是富裕家庭的孩子，只是「嘴目鼻的粗劣，一看就知道從前是農家的野孩子」。經過二個月後，接近舊曆年時，啟敏已經漸漸習慣陳家的生活，不再畏縮。有時心情好時還會在走廊上蹦蹦跳跳，同時唱起從前他在山鄉學會的兒歌：

　　『飯碗的破片愛哭喲！為什麼愛哭呢？

　　要做新娘啊！去哪裡做？在樹枝上。』

　　「祖母瞇著眼睛聽得很高興，養母也聽得很快樂」。舊曆年前，養母有身孕了，第二年生了男孩子，這個嬰兒就是陳武章。武章出生二個月後，有一次，啟敏要拿棚架上的玩具而踏上眠床，不小心踏到嬰兒，只聽到嬰兒哇的一聲哭出來，阿錦聽到聲音把嬰兒抱起來，久旺跑進來大聲質問啟敏為什麼讓嬰兒哭？啟敏嚇得說不出話，「養父拿起藤條鞭打他，一直打到

啟敏昏倒」。家裡炊飯的阿春婆趕緊把啟敏抱在胸前，好不容易他才甦醒過來。

這件事發生之後，啟敏的小床就從養父母的房間，移到炊飯阿婆的房間去了。「啟敏小小的心靈，也知道自己的命運改變了」。最近養母對啟敏連看都不看一眼，他被交給炊飯阿婆照顧。啟敏來了以後生了弟弟和妹妹，但是親生子誕生之後，養子的地位就大不如前了。「啟敏六歲時開始打掃，也負責餵養豬雞的工作。他也要幫忙把木材搬到灶前來，要擦拭店裡油燈的燈罩，但把燈罩打破時，就要被養父用鞭子打。」

有一天警察局派出所的中山巡查來找陳久旺，要他擔任西保的保正（村長），喜出望外的他立即就答應了，那一天有幾位農民來店裡買東西，久旺告訴他們：「從此，景氣就會好起來。」

但是農民向他抱怨，州路工程的義務勞動，增加大家的工作負擔。

「為了自己的村莊好，大家都要出力，不

是嗎？」才剛剛當了保正，久旺居然講話的口氣已經像保正了！

　　親生子陳武章 9 歲那一年，啟敏已經 15 歲了，久旺送武章去讀梅仔坑庄公學校。由於身為保正怕被人批評，因此啟敏也一齊送進去讀，但他比較魯鈍，「常因答不出老師的問題而被罰站，因此公學校只讀了一年，就自動不去學校了」。退學之後啟敏向養父母表明要去採薪（撿拾煮飯的木柴），轉做採薪工作之後，可以在山上自由奔跑，使啟敏嘗到自由的滋味。

　　採薪來回必須走十公里左右的路，要採兩大捆的薪柴大約需要三個小時，剩下的就是他自己的時間了。他常在採完薪之後，在山裡和其他採薪的孩子們玩遊戲，中午時其他的孩子都有便當吃，但家裡並未給啟敏帶便當。那麼他吃什麼？原來他在山上工作久了之後，知道山裡有什麼值錢的東西，像金錢草是貴重的藥草，發現了就拿去街上賣，有時可賣到一元；做圈套捕捉竹雞，一隻可以賣出十錢。他買粿糕代替便當帶去山上吃，「但是養父母都以為啟

敏在山上，是討小孩子們的飯盒來吃」。

昭和二年（1927 年），梅仔坑庄頭一次豎立電桿，有了電燈，「晚上好像街道從黑暗裡浮顯上來似的，十分熱鬧，廟前的廣場也點亮了街燈」。這時啟敏已經 20 歲，養父把原來出租的一甲水田要回來，叫他去負責水田耕作。啟敏 30 歲那一年（1937 年），日本和中國在大陸開戰的消息，傳入庄民的耳朵。這一年的夏天，梅仔坑庄青年曾得志應徵軍伕被錄取了，「庄民都被召集出來，手揮著圓紅太陽國旗為曾得志送行」，公學校的學生唱著〈軍伕之歌〉：

掛上赤布條的，榮譽的軍伕，高興的我們，是日本男子

這首歌以前他在採薪時，採薪的孩子也曾經唱給他聽，使他想起豆腐店的養女王秀英，她那剛滿七歲的女兒阿蘭不來採薪之後，讓他覺得一切都很空虛。「啟敏自從阿蘭來參加採薪之後，才感覺到生存的意義，也許自己年紀大了，自然希望有個孩子也說不定」。

　　啟敏暗中思慕秀英，有個下午，下了一場大雨，要去山裡的州路邊有一間小屋，啟敏跑進那間小屋避雨，卻碰到被雨淋得全身濕透的秀英，衣服黏著身體顯出玲瓏的曲線，他無意識地伸手摸了秀英的乳房，她勃然大怒，握拳向啟敏的鼻尖打了過來，「被打中眉間的他摔到地上，鼻血流出來染紅了胸前」。

　　秀英滿一歲時被抱來豆腐店當養女，其實是童養媳，準備長大了給兒子做媳婦，養父的親生兒子王仁德公學校畢業後，到嘉義市汽車公司當工友，六年之後考上司機。大正十三年（1924 年）梅仔坑庄頭一次成立了汽車公司，有中古的福特車二輛，往來於梅仔坑庄和大林街（終戰後改為大林鎮）之間，王仁德成為梅仔坑庄第一位司機，在當時司機的月薪是教師的兩倍半，因此可說是衣錦還鄉，「他被嘉義市汽車公司社長看中，成了他的女婿。秀英失去了媳婦的地位，而感到張惶失措」。

　　那年年末，雙親到廟前看戲不在家，秀英正赤裸著身體洗澡時，「阿德回來了，突然衝進

浴室擁抱她，她拼命掙扎卻脫不開」，終至被阿德侵犯了身體。

秀英的肚子漸漸大起來了，在溪邊洗衣的女人們談論著：

「那個司機也真貪，回到家時，究竟哪一個是正妻，哪一個是妾，這就難決定了吧！」

「先入戶籍的才是正妻是當然的。」

除了這些閒言閒語使她難過之外，「秀英一想到抱著孩子，口袋裡一點錢都沒有，就感到傷心。」

王仁德的父親王明通年輕時迷戀拳術，「跟幾個朋友結拜兄弟，到了節日時就召集兄弟舞獅弄棍，除了賺一些喝酒錢之外，其實沒有什麼收入」。他收入少卻生活豪奢，不久就把父親留給他的財產大部分都敗光了。因為不能坐吃山空，他和妻子阿媛思考的結果，就將水田賣掉，在市場附近買了店舖，開了一間豆腐店。

這時阿媛約五十歲，「很會講話，是不胖不瘦有魅力的女人」，街上的男人都喜歡這位半老徐娘，因為她作生意都會賣弄風騷，會和顧客

打情罵俏，「有時開玩笑會開到下流的邊緣」。日治時代去市場買菜的大部分都是男性，女性比較少拋頭露面，因此她的生意很興隆。「有時屋外笑聲過於喧鬧時，阿通都會出來看情形，但每次都會被阿媛用眼神示意丈夫退回去。」

「你出來的話怎能做生意？只有趕走顧客而已，不是嗎？」

收攤後，阿媛向丈夫抱怨。

「我當然知道，可是阿金那傢伙太過分了，妳不覺得嗎？」

阿金有美男子的臉，比阿通小十歲。阿媛始則解釋這是為了做生意，而不得不和顧客彼此開開玩笑，最後她終於悲泣了，說：

「竟不知道人家的苦心！」阿通默默把妻子拉過來緊抱著。

中元節是最大的節慶，家裡邀請幾個山裡的農夫顧客來家中晚餐，「阿通醉得差不多了，快樂地跟客人去看熱鬧的祭典，但卻在街上毆打了阿金」，這件事立刻傳遍了全庄。

王明通的豆腐店，現在顧客越來越少了，

很多人都怕去買豆腐時，會被阿通誤認為和他的妻子有糾纏而被他毆打，「即使路過被阿媛拜託勉強進來買豆腐的客人，也都默默拿著豆腐給她錢，然後匆匆離開。」

阿金被打之後誓言報復，當時大林、梅仔坑、竹崎一帶，拳術分兩派：猴拳和鶴拳。阿通習的是猴拳，阿金就砸下重金託人引見鶴拳派高手，他訴說自己的冤枉，鶴拳派的眾高手都為他抱不平，決定為他討回公道。「中秋夜時，阿通被打了個半死，躺在床上三個月身體才漸漸恢復。」

豆腐店因為生意很差而收起來了，和丈夫商量之後，阿媛決定搬到一公里外開設一間雜貨店，「喜歡喝酒的阿通，現在阿媛以擔心資金週轉不足為由再也不給他錢買酒，於是阿通決定去抬轎當轎夫賺取買煙酒的錢。」

第二年接近清明節的時候，秀英生了女嬰，就是阿蘭，「秀英因自己有了孩子而感到生存的意義」。歲月匆匆，又過了五年，秀英像往常一樣，每天都要去採薪，或者做田園工作，

留著阿蘭一個人在祖母的雜貨店中，她在顧客間敏捷地穿來穿去，自己玩耍。有時會偷偷拿餅乾吃，被祖母發現了還會跑給祖母追，是一個很活潑的女孩。

阿蘭最近常問媽媽，去山裡採薪時有沒有遇到那個啟敏叔？這使她想起曾經被她毆打過的那個男人，自從那次被啟敏調戲之後，每次在山裡相遇，啟敏都會先避入小路，他這樣的動作反而使她對他漸漸有了好感，「每次在山裡沒有看到他的時候，她都會有落寞的感覺」。漸漸地毫無來由的，秀英竟然開始想他了。

這個時期啟敏負責開墾山上梯田的水田，必須住在水田附近的田園小屋。「在陳家啟敏的地位要說是養子，毋寧說是採薪柴和耕種水田的長工較適當吧！」過了年，第一期插秧結束，秀英把薪柴放在路邊，走入啟敏的田園小屋，向啟敏說：

「阿敏，我打了你很對不起！」

啟敏不講話，只是凝視著秀英的臉。秀英看啟敏那麼懼怕，就說：

「阿敏，你是不是想看女人的乳房？好吧，可以讓你看看。」

秀英解開衣服的紐釦，潔白的乳房映入啟敏的眼裡，她把他的手牽過來壓在乳房上。啟敏才用另一隻手把秀英抱過來，說：

「我真的喜歡妳啊！」

「我也是……」

兩個人在小屋中互訴衷情，快樂的時光總是過得很快，以致秀英回到家比較遲，又出現往常沒有過的愉快神色，立刻被養父母察覺有異。養父直覺秀英有可能去找啟敏，他的腦中突然閃過一個可以讓他大賺一票的計策，於是決定尾隨秀英以探究竟。幾天後秀英又去採薪了，他尾隨在她的後面，果然她走進了啟敏的小屋，啟敏擁抱她，告訴她找媒人的計畫，兩個人卿卿我我，秀英輕解羅衫，將衣服都放在眠床上，埋伏在外面的養父阿通，說時遲那時快，衝進屋內一把抓起秀英的褲子就往外跑。

阿通將褲子拿到派出所，向吉田巡查敬禮，說：

「大人，陳啟敏誘姦了我的女兒。」

「王明通！這個女人是你的媳婦嗎？」

阿通被這麼一問，一時講不出話來，一會兒才說：「是媳……媳婦。」

但吉田巡查知道王仁德在嘉義另有妻子，而揭穿了他的謊言。

「巴該呀摟！不是媳婦為什麼說捉姦？」

吉田巡查轉頭分別問啟敏和秀英是否真的想和對方作夫妻？兩人都深深地點了頭。

吉田巡查叫工友去請啟敏的養父陳久旺過來，久旺問阿通：

「王明通！你打算怎麼辦？講給我聽！」

阿通心虛，不敢將價錢開太高，要求二百四十元，身為保正的久旺一口就答應了。

秀英怨恨養父的無情，都沒念及這麼多年來為了這個家，她幾乎是做牛做馬那樣地辛勞，養父為了錢竟能演出捉姦的把戲。「當晚她立刻打包衣物，連夜帶著阿蘭和行李去啟敏的田園小屋。」

當天啟敏的養父在大廳要全家人都進來，

他告訴啟敏：

「我准許你和秀英結婚，你現在耕種的水田就給你，從今天開始分家，各自建立自己的生活。但不要做出讓武章有失面子的行為，否則我會將給你的不動產全部收回來，現在還不會變更不動產名義登記給你。不動產的稅金全部由你負擔，水田收穫物的一半要給我。」

啟敏表面上得到了水田，但所有權卻不是他的，而要負擔一半的收穫給養父，實際上比佃農還不如。

現在兩個飽受生活重壓，無人關愛的男女終於成為夫妻了。表面上已經有了圓滿的結局，但是實際上並不然，因為農作物的收穫，啟敏必須拿出一半給養父。再加上當時是二次大戰期間，日本政府頒布「供出規定」，也就是農民收穫的食用米除了家中人口需要的部分之外，其餘都要交出給政府。而且戰爭時期政府徵召農民修州路的義務勞動次數也增加了，這些都使他為了生活而更加疲於奔命。

小說最後的第六章是敘述啟敏夫婦為了生

活而奮鬥的經過（共有 97 頁），本文因篇幅有限不再引述。小說敘述到 1945 年，也就是啟敏結婚後的第七年，他過勞再加上親人戰死而憂傷死去為止。

這部長篇小說給人的感覺是感傷的，啟敏和秀英這兩個位居社會底層「爬在地上的人」，終生勤奮工作，心地善良；而他們的養父母雖然富裕，卻都欺善怕惡，為富不仁。張文環寫這部長篇小說，顯然是要控訴這個社會的不公不義，只有具有一顆悲憫之心的人，才願意為社會的底層發聲。

張文環的很多其他作品，也都一直在描寫窮苦百姓生活的嘆息。研究張文環文學作品的權威，陳其南教授認為：在所有台灣日治時期 82 位作家之中，張文環的文學作品之美應居第一名！這有兩個原因，第一是因為在這個世界上，愛與關懷至善至美，張文環具有一顆愛與關懷的心，這樣的胸懷映現在他的作品中，自然使他的作品呈現出一種「悲憫之美」。

第二是因為他的寫作功力深厚，細膩而唯

美，例如他描寫阿媛要搬家前夕，黎明前起床時的落寞心情：

空洞的天空寂寞地迫近胸裡來，在那後面有魔鬼拋出來的黑毛毯似的雲不動地浮現著。

黎明時啟敏去田裡工作，這時：

稻穗飽含著晨露，孕育著傾西的月光。

啟敏和秀英在田園小屋的院子裡對坐，他看到：

飯糰般的月亮懸在半空中，畫在空間裡的黑山曲線，似乎把天堂和人間隔開了。

這些細膩而唯美的景色描寫，在他的書中還有很多，這需要有一顆易感和觀察入微的心，才寫得出來。

大部分偉大的文學作品都會有諧趣的部

分，張文環這部小說也不例外。本文因篇幅所限，只能略述主要情節，一本長達 15 萬字的小說，要濃縮成 6 千字來敘述情節，有很多精華部分當然會遺漏掉。例如有很多諧趣的部分，都尚未提及，像東保保正談「橘皮式日語」那一段就非常有趣。他說他去日本旅行時，因為不會說日語，只懂幾個日文單字，他想要服務生剝橘子給他吃，就對服務生說：「橘子、皮、再見。」服務生就剝橘子給他吃了。而東保保正夫人因為有幽默感，因而雖然不懂日語卻仍能和日本巡查夫人成為好友，她不懂日語而鬧出的笑話，也是書中有趣的部分。

讓這部小說生色最多的可說是阿媛了，她在豆腐店失敗改開雜貨店之後，為了生意不久就故態復萌，又和顧客打情罵俏了。這次她丈夫已經不敢干涉，所以她的尺度也就越來越開放，有時還會和顧客一搭一唱合演露骨的短劇，書中有清楚的描寫，本文因其太露骨，不便在此引述，請讀者自行去找原書來看。

小說中有一位陳武章，很值得一提，他是

啟敏養父的親生兒子，師範學校畢業之後，回到故鄉的公學校當訓導主任，是小說中受到最高教育的人。但他為了將來能順利升任校長，響應日本總督府的號召，將全家包括父母、兄妹都改成日本名字，他自己改為「千田武夫」，他父親被他改成「千田久雄」，啟敏也改為「千田真喜男」。由於改成日本名字，使他的父母親在背後飽受鄉人的嘲弄。武章表現出一副效忠日本的模樣，但到了戰爭後期，台灣飽受美國的空襲，武章知道日本必敗，就偷偷地學英語和北京語，以便能適應將來的新時代。這就是武章現實的心態，往往教育程度越高越是功利，反而像啟敏和秀英這樣沒有受過教育的人，有一顆純樸和善良的心。

這本小說也提到很多梅仔坑庄的風俗習慣，例如提親習俗：必須將對方的生年月日寫在紅紙，放在祖先牌位前，12 日內若發生不吉利的事，則提親要作廢。重視占卜：連何時回娘家也要請相命師占卜。殺雞時要唸：「早死早去投胎，來世成為富人家的兒子喔！」

　　這些距今將近一百年前的風俗習慣，書中可找到很多，所以本書在民俗史料的研究方面也有相當的價值。

優美的台灣鄉土歌謠

　　二十世紀三十年代的台灣，是日治時代最有文化活力的時期，短短八年之中，竟出現 40 首動聽的台灣鄉土歌謠，非常令人驚訝！海外台灣人聽到像〈雨夜花〉或〈望春風〉或〈河邊春夢〉等等這些台灣老歌時，常常會引起他們的思鄉之情而熱淚盈眶。〈黃昏的故鄉〉這首歌最受海外台灣留學生的喜愛，他們在思鄉時，常唱這首歌，甚至唱到淚流滿面！而〈望你早歸〉這首歌則曾經讓演講者一面講一面飲泣，聽眾亦一面聽一面掉淚！

　　民國 67 年時，有一次台灣吉他手鄭恆隆應邀前往美國洛杉磯，為當地的台僑演奏「佛拉明哥」吉他音樂。在演奏結束時，有一位五十幾歲的婦人問他會不會彈〈雨夜花〉或〈望春風〉或〈河邊春夢〉？

他回答說：「這些都是我兒時就已熟知的樂曲啊！」隨即他就將這些優美的台灣鄉土音樂彈奏出來，音樂廳中所有的聽眾，也隨著他指縫間流出的優美旋律，忘情的吟唱：

「花落土，花落土，有啥人通看顧，無情風雨，誤阮前途……」

一首接一首，他驚訝地看到很多人的眼角竟然閃爍著淚光，思鄉的情緒感染了全場，以致連鄭恆隆自己也不禁熱淚盈眶。

他原本演奏的是西洋曲風的「佛拉明哥」音樂，但聽眾的真正感動卻是在他最後演奏的那幾首台灣歌謠。西洋音樂再怎麼好聽，對一般台灣人來說，大概也只能及於意識的表層，唯有從兒時就很熟悉的台灣鄉土音樂，才能鑽入潛意識的底層與靈魂對話，而達到最深刻的感動！

身為台灣人，有什麼是值得驕傲的呢？我認為其中一項就是：台灣有豐富的「台灣鄉土

歌謠」，除了上述三首之外，像月夜愁、四季紅、望你早歸、補破網、燒肉粽、杯底毋通飼金魚、秋怨、淡水暮色、阮若打開心內的門窗等幾十首，都是膾炙人口之作，讓台灣人可以或聽或唱，悠遊於這些感人至深的鄉土歌曲之中。

這些歌曲在剛創作出來時，固然是流行歌曲，但是流行歌能經得起時間考驗的，卻是百不得一。例如最近這幾年來的「搖滾風台灣歌謠」，有哪一首是被傳唱超過一年的？有的甚至不到幾個月，就消失不見蹤影了。而像〈雨夜花〉、〈望你早歸〉這類歌曲，經過幾十年的傳唱，還能夠流傳下來，受到普遍的喜愛，當然就不能再以流行歌來看待。這些經得起時間考驗的歌曲，早就已跳脫流行歌的範疇，與台灣這塊土地的脈動結合在一起，而成為台灣鄉土歌曲了。

雖然有一部分台灣歌謠只有五聲音階，也沒有用到升降半音，但是音樂是一種藝術，關鍵是在於感動力而不在於曲譜的繁複程度！感

動力強又經得起時間考驗的音樂，就是好音樂。對於一般台灣民眾來說，能激動其心靈，引起共鳴的唯有台灣鄉土音樂而已。

民國 76 年，「國際特赦組織」在荷蘭舉行年會，呂秀蓮應邀前往發表專題演講，她特向大會推薦邱垂貞演唱台語歌曲。邱垂貞撥弄著吉他，演唱了〈望春風〉、〈望你早歸〉、〈安平追想曲〉、〈一隻鳥仔哮啾啾〉等曲，每一首都獲得滿堂彩，參加大會的各國人士聽完之後說：「原來台灣鄉土歌曲是如此地溫柔而且浪漫。」呂秀蓮的歐洲朋友並向她索取台灣鄉土歌謠的歌譜。（註1）

「我們不知道台灣鄉土歌謠會這麼容易被西方人接受，其實，台灣不是沒有文化，而是在政治壓抑下，逐漸喪失了自己的信心。」呂秀蓮很感慨地如是說。

要創作一首歌曲，特別是一首好聽的歌曲，絕不是一件簡單的事。絕大多數音樂科系畢業的學生，終其一生，連一首曲子也未能創作出來，可見創作歌曲的困難度。所幸台灣從

三十年代以來，有才華的作曲家、作詞家輩出，例如鄧雨賢、陳秋霖、呂泉生、楊三郎、李臨秋、周添旺、陳達儒、葉俊麟等人，才使得台灣歌謠有這樣豐富而多姿多采的內容。

台灣歌謠有三個全盛時期，第一個時期是在三十年代（註 2）。這個時期的台灣雖然是在日本的高壓統治之下，但卻是台灣文化蓬勃發展的黃金時期。在文學方面有賴和、楊逵、張文環、龍瑛宗、呂赫若等幾十名作家創作出量多質精的文學作品。音樂方面也是人才輩出，像鄧雨賢、蘇桐、姚讚福、陳秋霖、吳成家等人，都是此一時期有名的作曲家，台灣歌謠的一些經典作品，像望春風、雨夜花、月夜愁、四季紅（註 3）、河邊春夢、農村曲、白牡丹、心酸酸、悲戀的酒杯、青春嶺、港邊惜別、滿山春色等都在這一時期創作出來。（註 4）

按照鄭恆隆編著的《台灣民間歌謠》一書，精選台灣鄉土歌曲將近一百首，而屬於三十年代的歌曲，短短八年之中就有 40 首之多，占有全部的五分之二，真使人驚奇不已！優質

台灣歌謠的「創作密度」，在這個時期顯然是空前的，相信也是絕後的。因為如果將優質台灣歌謠定義為：具有台灣風格、旋律優美、歌詞高雅，經得起時間考驗的歌謠，則六十年代之後，因為西洋熱門音樂侵入台灣，影響所及，而出現了一些具有搖滾風的台灣歌謠，已失去了純正的台灣風格。再加上作詞人才已漸不若以往，所以可以斷言，今後將不可能再出現三十年代那樣的盛況。

如果沒有三十年代這段時期的創作，顯然台灣鄉土歌曲的豐富性將大打折扣！

1940 年之後，由於二次大戰，再加上日本當局推行「皇民化運動」，全面禁唱台語歌，使台灣進入台灣歌謠的黑暗期，此時期幾乎不再有任何音樂創作出現。一直到戰後，台灣歌謠才又進入第二個全盛時期，這個時期由 1946 至 1957 年，有名的作曲家是：呂泉生、楊三郎、許石、洪一峰、張邱東松等人。此時期出現的比較有名的歌曲是：望你早歸、補破網、燒肉粽、杯底毋通飼金魚、安平追想曲、秋風夜

雨、阮若打開心內的門窗、秋怨、鑼聲若響、
港都夜雨、淡水暮色等。

　　此時期有幾首曲子，其精緻度更已達到藝
術歌曲的程度，例如呂泉生作曲的〈杯底毋通
飼金魚〉和〈阮若打開心內的門窗〉。

　　但六十年代之後，國民黨政府開始打壓台
語歌曲，規定電視台一天最多只能播出二首台
語歌。很多台語歌曲也遭到禁唱，例如〈望你
早歸〉、〈補破網〉、〈四季紅〉等，當時的警備
總部總共查禁了國、台語歌曲二百多首。不要
說台語歌曲，連講台灣話都受到嚴厲的管制，
例如規定演出布袋戲必須使用國語，學生講台
語要受處罰等等。在這種情形之下，台灣歌謠
又進入了黑暗期。

　　在這個受壓抑的時期，作曲家多不願去創
作。當時出現的台語歌曲，其實都是一些「混
血歌曲」，也就是將日本歌曲填上台語歌詞，因
此唱起來充滿了日本風。例如：黃昏的故鄉、
孤女的願望、哀愁的火車站、媽媽請你也保
重、星星知我心、媽媽歌星、可愛的馬等。(註

5）

　　另一方面，六十年代時西方熱門音樂也開始侵入台灣，不久就征服了高中生及大學生，這些學生由於崇洋心理作祟，不屑於唱本國歌曲，將國、台語歌曲一律視為靡靡之音，認為唱熱門音樂才有格調。其實這些崇洋學生有所不知，如果國台語歌曲是靡靡之音，那麼西洋熱門音樂就是靡靡之音加三級。

　　在這樣的雙重打擊之下，更無法吸引第一流人才從事台語歌謠的創作，因此這段期間優質的台語歌曲也就屈指可數。

　　1979 年發生震驚海內外的「高雄事件」，事件發生後受難家屬及黨外人士大舉參與選舉活動，結果幾乎都能以高票進入立法院（註6），因而建立起制衡國民黨的力量，並迫使執政當局停止壓制台灣文化及語言的政策。

　　由於當局不再壓制台灣鄉土文化，因此八十年代之後，台灣歌謠開始進入第三次的興盛期，並逐漸壓過國語歌曲，成為台灣歌唱界的主流。此時期出現的優質歌曲也不少，例如：

西北雨、相思海、愛拼才會贏、舞女、空笑夢、毋通嫌台灣、針線情、車站、雙人枕頭、雪中紅、春天的花蕊等。但可惜的是，此時期的作詞者，功力已不如往昔，大多數的曲子歌詞都只有一段，有些歌詞甚至意境全無，只是赤裸裸的愛來愛去，低俗猥瑣，令人唱不下去。

要創作一首優質歌曲，其實優秀的作詞者和作曲者一樣重要，早期的台灣歌謠作詞者，很多都是大師級的，例如周添旺、李臨秋、陳達儒和葉俊麟。如果我們作一個統計，將會驚訝地發現，所有優質的台灣歌謠的歌詞，至少有百分之七十都是上述這四位大師寫的，他們由於飽讀詩書，有一顆善感的心，又能洞察人生，所以能為我們寫出一首又一首意境深遠，令人回味無窮的歌詞。如果沒有這四位大師，那麼優質的台灣鄉土歌謠將只剩下目前的四分之一左右！

很多人並不承認八十年代之後創作的台灣歌謠——即使詞曲俱佳，是台灣鄉土歌謠。這

是有道理的，因為它們尚未經過時間的考驗，也許要再等個三十年吧。譬如說，如果三十年後，一般民眾還在傳唱〈相思海〉這首曲子，那時它也就成為台灣鄉土歌謠了。

註 1：見莊永明著《台灣歌謠追想曲》第 199 頁。

註 2：嚴格地說，其實只有從 1932 至 1939 年之間的八年而已，有人稱為「跳舞時代」。

註 3：以上四首是鄧雨賢五十幾首作品中被公認為最有名的四首經典名作。

註 4：其中〈悲戀的酒杯〉於六十年代被改為國語歌曲〈苦酒滿杯〉，由謝雷主唱，又再度轟動一時。

註 5：其中〈黃昏的故鄉〉是最受海外台灣留學生喜愛的一首歌曲。從許多留學生後來公開的日記中，可知他們在思鄉時，常唱這首歌曲，甚至唱到淚流滿面，但卻都不知道這首歌是從日本歌謠改編的

曲子。

註 6：高雄事件發生後的第一次立委選舉，受
　　　難家屬的政見發表會，大都播放〈望你
　　　早歸〉這首曲子作為背景音樂。演講者
　　　一面講一面飲泣，聽眾亦一面聽一面掉
　　　淚。

一首台語歌曲〈懷念的流星〉的傳奇

　　五十多年前在嘉義縣梅山鄉出現一首非常動聽的台語歌曲〈懷念的流星〉，由陳燦煌作曲作詞。這首曲子的旋律極為優美，加上賴美丹的獨特唱腔，演唱起來可說是「此曲只應天上有，人間難得幾回聞」。但除了梅山之外，在台灣各地卻很少有人聽過這首賴美丹演唱的〈懷念的流星〉，實在非常可惜！

　　三、四十年前住在梅山街上的人有一種幸福，就是梅山鄉公所在廣播之前，往往會先播出一首很動聽的歌曲：〈懷念的流星〉，這首曲子的旋律非常優美，由賴美丹演唱。播出時天籟般的美妙音符，飄散在梅山街上，甜美的歌聲使人們的心頭產生甜美的共鳴，因此接著的乏味廣播內容似乎也變得不再那麼乏味了。有一位老一輩的人曾經表示：當年因為期待能夠

聽到這首動聽的歌曲，心中都一直盼望鄉公所能夠常常廣播。

〈懷念的流星〉是一首 1960 年代的老歌，距今已經 50 多年了，由陳燦煌作曲作詞，是他創作的諸多歌曲中，最膾炙人口的一首。陳燦煌（1933—1969）世居嘉義縣梅山鄉，是當時居住在梅山街上的一名賣布商人，也兼做一些山產生意。雖然為了生活，從事商業買賣以養家活口，然而他對音樂卻有一股無法遏抑的熱愛，晚上閒暇時往往以彈奏音樂來作為消遣。後來他號召了一群對音樂有興趣的朋友約十餘人，組成一個小型樂團。有的拉小提琴，有的吹薩克斯風，有的敲低音鼓，陳燦煌本人彈奏手風琴。雖然他也精通很多樂器，例如小提琴、薩克斯風、吉他等等，但在樂團中仍以彈奏手風琴的時候居多。

每當華燈初上夜色來臨之際，這個小型樂團就開始他們的演奏活動，各種樂器交織成動人心弦的樂音，響徹在夜色籠罩的梅山街上。每當他們的樂團在演奏時，總是有一大群人圍

觀欣賞，演奏者和聽眾，都一齊陶醉在琴韻歌聲之中。

這是五十多年前梅山街上最動人的風景之一，到現在仍留存在老一輩梅山人的記憶之中。

三十歲之後，陳燦煌開始創作台語歌謠，不但作曲，還兼寫歌詞，甚至連編曲也一手包辦。從他的手稿來看，至少寫了二十四首台語歌謠。如附表，其中有十五首他還兼寫歌詞。

可惜他英年早逝，37 歲那年就去世了。因此他真正創作這些歌謠的時間只不過短短幾年而已，以這麼短的時間而言，如此的創作量是驚人的。如果不是他去世得太早，相信將會留下更多更豐富的作品。他在去世的前幾年，曾經將其作品中的三首歌曲委請唱片公司灌錄成唱片並在市面上發行。這三首是：〈懷念的流星〉、〈追想夢〉和〈等待相會時〉。

由於唱片的發行，當年台北、高雄等大都會地區，這首〈懷念的流星〉都有不少人聽過而且大受好評。不少老一輩的梅山人都憶及當

年去台北或高雄的朋友家作客時，常聽到朋友
用唱片播放〈懷念的流星〉這首歌曲，並稱讚
此曲很好聽。

　　只是當時唱片雖已發行，但尚未來得及打
歌宣傳，陳燦煌即遽然去逝，以至於這首歌雖
然極為動聽，卻未能普及於台灣的大部分地
區。隨著時間的流逝，最後讓這首優美的曲子
漸漸被人忘記了！一首人人稱讚，曾經讓梅山
人引以為傲的動聽歌曲，最後竟然幾乎從人間
消失。

　　這首歌的旋律實在太優美了！明快的節奏
中帶著一種感傷，描述對情人的思念。想念情
人的思緒在旋律中充分表露無遺，實在是一首
上乘的作品，凡聽到的人幾乎都驚為「此曲只
應天上有，人間能得幾回聞？」有一些老一輩
的梅山人至今還在傳唱這首歌，至今算起來已
經 50 多年了！這是多麼不容易，只有優質的歌
曲才能讓人們傳唱這麼久！據專家統計，一般
創作出來的歌曲，能夠經得起時間的考驗傳唱
超過 30 年以上的根本百不得一，也就是不到 1

％，事實上大多數的歌曲創作出來之後不到兩年就被淘汰掉了，也就是人們認為流行過了，不想再唱了。

研究台灣歌謠的專家大都認為，一首流行歌曲至少要傳唱 30 年以上才能稱為民謠或鄉土歌謠，例如〈望春風〉、〈雨夜花〉、〈月夜愁〉等等歌曲，於 1930 年代剛創作出來時固然是流行歌，但因為很受歡迎而傳唱至今，因此這幾首歌曲就成為台灣民謠了。尤其是〈望春風〉這首歌，因為太受歡迎，被很多人稱為「台灣國歌」。

〈懷念的流星〉這首歌既然已被老一輩的梅山人念念不忘傳唱了 50 多年，如按上述的說法，應可稱為梅山地區的民謠了，以梅山地區創作的老歌來說，在這裡並找不到比這首更受人歡迎的歌曲，所以如果稱此曲為「梅山鄉歌」誰曰不宜？

研究台語歌謠的專家都大致同意：望春風、雨夜花、月夜愁、四季紅、南都夜曲、河邊春夢、望你早歸、補破網、燒肉粽、杯底毋

通飼金魚、秋怨、淡水暮色等約 70 首，應毫無疑問可列入「一百首第一流台語鄉土歌謠排行榜」之中。至於其他 30 首，要列入哪些歌曲，則各家說法紛紜，並不一致。不過至少〈懷念的流星〉以其優質的程度，應可列入這一百首台語鄉土歌謠排行榜之中，因為這首歌曲不但歌詞寫得好，旋律的感動力也很強，並不輸排行榜中的其他歌曲。

十四年前（民國 93 年）梅山文教基金會曾舉辦過「陳燦煌台灣歌謠創作曲音樂會」，由於經費不夠，無法請歌星來演唱〈懷念的流星〉，只能請一位大學女生以聲樂的唱腔演唱這首歌曲。事後覺得效果不好，顯然還是由陳燦煌調教出來的女歌手賴美丹唱得最好！在那場音樂會中，最後用五十年前的唱片播出賴美丹演唱的〈懷念的流星〉，甜美的歌聲使觀眾聽得如癡如醉，為音樂會畫上完美的句點。

三首灌錄成唱片的歌曲當中，另外兩首是〈追想夢〉和〈等待相會時〉，其實旋律也都很流暢優美，如果能另請第一流的歌手來演唱，

相信效果會更好。〈等待相會時〉是由陳燦煌本人演唱，我們必須承認，作曲家不見得就是好的演唱者，例如鄧雨賢雖然創作了望春風、雨夜花、月夜愁、四季紅等著名的歌曲，但並沒有自己去唱，而是另由專業歌手來演唱。

在十四年前的陳燦煌音樂會中，還有另外三首他創作的曲子：〈流浪的少女〉、〈無緣的請原諒〉及〈梅山之戀〉，由蕭捷健鋼琴演奏，首次在音樂會中發表，旋律也都非常流暢優美。這是外界第一次聽到這三首歌曲的旋律，在這之前這三首歌只是寫在他的五線譜筆記本中，並未曾對外發表過。要不是他過世太早，相信他也會將這些歌曲加以整理，委請歌手演唱並灌錄成唱片。

他的五線譜筆記本中除了音樂會中發表的 6 首之外，尚有 18 首，我們相信大多數一定如同上述 6 首那樣，曲風優美，動人心弦。但是他過世了，因此總共還有 21 首歌曲至今已經 50 多年了，卻依然躺在他的五線譜筆記本中，未能對外發表，讓外界知悉，真是太可惜了！

　　這是誰的損失呢？我相信不但是梅山人的損失，也是嘉義人的損失，更是台灣歌謠界的損失。

　　若以縣市的角度來看，讓我們來觀察 1980 年代之前台語歌謠重要的作曲家。所謂重要是指必須要有傳世之作，也就是要能創作出經典的鄉土歌謠；至於限定在 1980 年代之前，是因為必須至少要經過 30 年才能看出其作品是否經得起時間的考驗，也就是說 1980 年代之後的作品是否有價值尚無定論，因此創作這些作品的作曲家在此不列入討論。在這兩個前提之下，其實台語鄉土歌謠重要的作曲家只有以下十幾位：

　　鄧雨賢（桃園縣龍潭鄉，代表作：望春風）、陳秋霖（台北，代表作：南都夜曲）、蘇桐（台北，代表作：農村曲）、姚讚福（台北市，代表作：悲戀的酒杯）、吳成家（台北市，代表作：港邊惜別）、楊三郎（台北縣永和，代表作：望你早歸）、張邱東松（台中縣豐原，代表作：燒肉粽）、王雲峰（台南市，代表作：補

破網)、呂泉生(台中縣神岡鄉,代表作:杯底毋通飼金魚)、許石(台南,代表作:安平追想曲)、洪一峰(台南縣鹽水,代表作:舊情綿綿)、吳晉淮(台南縣柳營,代表作品:關子嶺之戀)、黃敏(台南,代表作品:碎心戀),由此可以看出,沒有一位是籍貫嘉義縣的作曲家。

　　幸虧嘉義縣出了一位作曲家陳燦煌,創作了一首極為動聽的代表作:〈懷念的流星〉,使得嘉義縣在優質的台灣歌謠創作領域中並沒有缺席!就這個觀點來看,陳燦煌何止是梅山人的驕傲,也是嘉義人的驕傲!

　　上列的台語歌謠作曲家之中,已有幾位由政府為其設立銅像並建紀念館,例如鄧雨賢和吳晉淮。吳晉淮的銅像立在關子嶺公園,銅像旁的地面上,則刻著〈關子嶺之戀〉這首歌的歌詞和歌譜。而吳晉淮的紀念館則建在其故鄉柳營。如果拿陳燦煌的〈梅山之戀〉與吳晉淮的〈關子嶺之戀〉做比較,就會感覺前者並不比後者遜色,兩者曲風不同,但各有千秋。十

四年前的陳燦煌音樂會，曾以鋼琴彈奏的形式發表〈梅山之戀〉這首歌，聽起來旋律也很優美流暢。在他的五線譜筆記本中，〈梅山之戀〉不但有歌譜，也有歌詞，連前奏和間奏都寫好了，這就表示他已在進行將此曲灌錄成唱片的準備工作，無奈天不假年，讓這位才華絕不輸給吳晉淮的音樂天才遽然逝去，悲夫！

　　並無來相辭　　恬恬做伊去
　　心愛的彼個人　　到底去叼位
　　孤單無伴在等伊　　寂寞月晚暝
　　天邊海角消失去　　彼粒的流星
　　期待回來　　期待回來　　懷念的流星

　　這是由陳燦煌自己作詞的〈懷念的流星〉第一段歌詞，每次當我在播放 CD，聽賴美丹唱這一首歌，唱到「彼粒的流星」時，就不禁感慨到無法自己，陳燦煌短暫的生命，本身就彷彿是一顆流星呀！而他創作出這些優美動人的歌曲，豐富了我們的精神層面，就好像流星發出的光和熱照亮了寂寞的夜空，而流星自己卻殞落了！

相信人們將會懷念這顆流星，並記得他曾經發出的光和熱！

〈附表〉陳燦煌創作的台灣歌謠

1.懷念的流星　　2.追想夢　　　　3.等待相會時

4.梅山之戀　　　5.無緣的請原諒　6.流浪的少女

7.猶原情纏綿　　8.懷念的情歌　　9.真真氣死人

10.流浪歌唱　　11.給天下無情的女性 12.相思恨

13.媽媽喇請原諒 14.煙花怨　　　15.不回的戀夢

16.絕情的批信 17.歡樂青春　　　18.我為伊之唱

19.恨別離　　　20.夜半深更時　21.迷戀的港邊

22.生死戀　　　23.不是我無情　24.漂浪的海鳥

註 1：google「賴美丹懷念的流星」這八個字，
　　　即可聽到 50 多年前賴美丹演唱的這首動
　　　聽的歌曲：〈懷念的流星〉。

註 2：〈懷念的流星〉和〈一顆流星〉是兩首不
　　　同的台語歌曲。

註 3：其中望你早歸、補破網、燒肉粽、杯底
　　　母通飼金魚這四首號稱戰後四大名曲。

在所有台語鄉土歌謠中，很多研究專家認為旋律最優美感人者為**望你早歸**，歌詞最優美者為**淡水暮色**，而義大利的一些聲樂家卻最喜歡**杯底毋通飼金魚**這首曲子。**補破網、燒肉粽**這兩首見證戰後台灣社會的蕭條景況。

註 4：下一頁的左邊：〈懷念的流星〉歌譜，是陳燦煌的手稿。這張歌譜歷經 50 多年，已經顯得斑駁。右邊是民國 93 年「陳燦煌台灣歌謠創作曲音樂會」的宣傳單。

陳燦煌台灣歌謠創作曲音樂會

時間：10月2日（星期六）晚上 7:30 至 9:30 （民國93年）

（7點20分閉門不能進入，故請裝前入座）

地點：梅山文教基金會（梅山國中斜對面）

主辦單位：梅山文教基金會

對象：限18歲以上成年人（請勿攜帶兒童入場）

陳燦煌先生

您知道30多年前有一位梅山人，曾創作出多首很動聽的台灣歌謠嗎？這位出生梅山的陳燦煌先生（1933-1969）以他的音樂才華，生前總共創作出20幾首樂曲呢？

這是差一點被遺滅的、六O年代發生於梅山的一段音樂軼事。

其中的三首這會被複種成唱片，逆成為三十多年前梅山鄉公所的街頭擴音系統，在嗩吶聲之前必奏的歌曲，這些曲子由於每次循環迴繞助聽，當時曾經在鄉民之間傳唱不絕。

我們在偶然之間購聽到著老述及這一段往事，認為這些曲曲是梅山的寶貴文化資產，當可任其遺滅？因此在四處打聽，努力尋找有關的人與事，一年來終於在陳燦煌的兩位友人處，分別找到了他的手稿及唱片，並一點點複種遺滅的梅山文化資產，幸而得以保存下來！

請繼親們都來參加這場音樂會吧！這些歌曲，都是我們梅山這塊土地盧育出來的，因此也是我梅山人的驕傲和感動。我們當能不來參加這場盛會，讓這些音符，引領我們回到記憶中六十年代那深刻懷念的歌聲？

當我們在試播時，其中有一首，懷念的流星，其旋律的優美，凡聽到的人無不驚為「此曲只應天上有」！我們附語，這首曲子遂列入「百首會台灣土本歌謠排行榜」之中，由這首曲子可以看出陳燦煌先生的音樂才華！

懷念的流星　詞曲：陳燦煌

264

聲樂與流行歌

音樂學者在做田野調查採集台灣民歌時，發現原住民歌曲的數量，比起河洛人歌曲再加上客家人歌曲的總和還要多出十倍以上，可以看出原住民是多麼喜歡唱歌！

相信大多數人都有一種潛在的願望，希望自己是一個很會唱歌的人，至少在潛意識中很羨慕那些會唱歌的人，這是因為在我們的 DNA 中原來都潛藏著喜歡唱歌的因子。我們的祖先在幾十萬年的原始狩獵社會中，都很喜歡唱歌。人類學家考察現存不同人種的原始部落，不論是在新幾內亞，或是非洲內陸，或是太平洋的島嶼，共同的特徵就是他們都很喜歡唱歌，無一例外。看過賽德克巴萊這部電影的人都知道，生活於狩獵社會中的原住民是多麼喜歡唱歌呀！我們的祖先既然這樣地喜歡唱歌，

所以在我們的 DNA 中，當然潛藏著愛唱歌的因子。

到了農業社會之後，也許是生活型態的不同，也許是禮俗的約束，很多人不再唱歌了，唱歌已不像狩獵時期那樣地普遍，那樣地人人參與。音樂學者在做田野調查採集台灣民歌時，發現原住民歌曲的數量，比起河洛人歌曲再加上客家人歌曲的總和還要多出十倍以上。由此可以看出，狩獵民族比起農業民族更喜歡唱歌。

其實農業社會之後，喜歡唱歌的人還是很多，因此才會有客家人的山歌對唱，兩百年前的南管音樂，以及一百年前的歌仔調，和一直到現在的國語、台語流行歌，可見歌唱一直是人們生活中重要的一環。

本來聲樂是相對於器樂而言，也就是只要是用人聲演唱的歌曲都叫聲樂。但現在一般都做狹義解，也就是聲樂是相對於民歌及流行音樂而言，學院派用來演唱歌劇或藝術歌曲的「亮麗唱腔」就是聲樂，而流行歌手唱流行歌

曲的「甜美唱腔」或「嘶吼唱腔」則不算聲樂。

很多學院派的聲樂家認為聲樂是人聲音樂的最高級形式，而非聲樂唱腔的流行歌則比較低俗。所以歌劇和藝術歌曲是高級的，而流行音樂則是不入流的。當然他們也不屑於唱流行歌。

另一派聲樂家以馬任重為代表，認為音樂沒有高下之分，不同的人喜愛不同的音樂，本來就是天經地義的事，怎麼可以只認同西洋古典音樂，而排斥流行音樂？

有些聲樂家以聲樂唱**望春風、月夜愁、白牡丹**等經典台語歌謠，也能唱得溫柔甜美，因而廣受歡迎，例如**張杏月**。很多流行歌手像江蕙和詹雅雯正是因為歌聲溫柔甜美而受到聽眾的喜愛。

因此張杏月受到部分聲樂教授的批評，說她為了討好聽眾，為了唱片的銷路而降低了自己的格調。為何說她降低自己的格調？因為「曲高」則必「和寡」，既然這麼多人喜愛她的

歌聲，也就是「和之者眾」，就足以表示她的唱法格調不高。

　　但另一派聲樂家則質疑，難道聲樂就不能溫柔甜美嗎？他們認為張杏月的唱腔和一般未受過聲樂訓練的流行歌手顯然不同，她確是用聲樂在唱，她的歌聲溫柔甜美，是因為她的聲樂已達到很深的火候，才因此不會有一般聲樂給人的那種硬梆梆的感覺，這其實要有很深的聲樂功力才做得到！

　　我發現同樣一首歌，張杏月唱的總是特別耐聽，就足以證明她有用到聲樂技巧，**耐聽是古典音樂的一個重要特徵**，不像有些流行歌曲，例如〈車站〉和〈往事只能回味〉，當年不都是紅極一時的歌曲嗎？如今大多數人再聽這兩首歌已經沒有什麼感覺了。**流行歌的本質就是如此，流行過了就不再感覺動聽了。**

　　民國 67 年時，有一次台灣吉他手鄭恆隆前往美國洛杉磯，為當地的台僑演奏台灣鄉土歌謠。當他彈奏〈望春風〉、〈月夜愁〉等台語老歌時，他驚訝地看到很多人的眼角竟然閃爍著

淚光，思鄉的情緒感染了全場，以致連鄭恆隆自己也不禁熱淚盈眶。

台僑熱淚盈眶，是因為這些歌曲都是故鄉的歌，他們從兒時就很熟悉的鄉土歌謠，故鄉的歌觸動了異鄉遊子的思鄉情緒，才會讓他們潸然淚下！此時此刻，這些歌曲究竟是高級或低級早就不重要了。重要的是，故鄉的歌觸動了他們思鄉的心，讓他們達到最大的感動！這樣深層的感動只有音樂才做得到！

聲樂學者馬任重說：透過聲樂訓練，學會胸腔共鳴和頭腔共鳴之後，唱歌的音量會比原來大很多，而且音調能唱得更高，最高足足可以高出四度音！但這要經過多年的聲樂訓練才能做到。至於**鼻腔共鳴的訓練，則可以改變音色，讓聲音變得甜美，變得有磁性**。這可能是聲樂訓練中最重要的部分吧？因為以流行歌的觀點來看，一位歌手是否受到歡迎，最大的因素是在於歌聲的音質是否甜美，或者具有磁性。有些歌手年輕時歌聲非常富有磁性，但是晚年時唱的歌不好聽，原因在於音質變差了。

音質變差，即令掌握再多的歌唱技巧都沒有用。

至於用聲樂鍛鍊法來提高音量，在從前是很重要的。一百多年以前，那時擴聲機還未發明，在偌大的歌劇院中唱歌，確實需要很大的音量，才能讓全場的觀眾都能聽得到聲音，因此提高音量的訓練是絕對有必要的。但現在只要拿著麥克風唱歌，無論需要多大的聲音，擴聲器都能做得到，提高音量的訓練也就沒那麼重要了。不過這依然只是流行歌的觀點，因為保守派的聲樂家一直堅持唱聲樂不可使用麥克風。

至於唱歌時音高不夠的問題，由於伴唱機的發明，這個問題也解決了，伴唱機的最重要功能除了提供伴奏之外，就是能夠任意升高或降低一首歌的音調，對於音域較窄的人來說，如果高音唱不上去，只要按一下伴唱機的降調鈕降幾個音階，全曲立刻可以歡唱無礙！因此對於愛唱歌的人來說，伴唱機簡直是劃時代的大發明！不過或許聲樂家對於伴唱機的發明會

感到不屑吧？因為透過聲樂訓練，人人都能像他們那樣唱出高音，又何需藉助伴唱機來降key？

　　由於伴唱機的發明，產生了「卡拉 OK 文化」。在大街小巷之中，出現了很多卡拉 OK 店，讓喜歡唱歌的人，有一個得以歡唱的舞台。只要投下十元硬幣，人人都能上台，想像自己是一名歌星，唱給台下的人聽。然而不幸的是，原本很正派的卡拉 OK 行業，後來有些卻走偏了，變成色情行業。但是不可諱言，堅守正派路線的卡拉 OK 店還是很多，他們提供人們一個藉由唱歌，抒發內心鬱悶的場所，這對整個社會心理健康的促進絕對有很大的幫助。

　　但是在台灣，卡拉 OK 文化卻產生了一個「岔路」，就是「遊覽車卡拉 OK 文化」，這是全世界絕無僅有的負面文化。一個人本來帶著好心情要去旅遊，但是從坐到遊覽車上那一刻開始，就聽到有人唱著一首接一首荒腔走調，甚至五音不全的歌曲，透過伴唱機轟炸你的聽

覺神經。這其中當然也有唱得好的，但以荒腔走調的居多。

　　如果是在卡拉 OK 店碰到這種情形，大可以奪門而出拒聽了事。但是在遊覽車內，卻無處可以逃避這樣的「噪音」，耳朵被轟炸直到車子開到旅遊區，旅遊的好心情早已消失無蹤了。如果是在外國，你唱得如此荒腔走調，一定會有同車旅客站出來，坦率地要求你不要再唱了。但在鄉愿充斥的台灣，不可能有人當場起來抗議（都是事後抱怨），於是這樣的負面文化也就一直延續到現在了。有很多人因此將遊覽車旅遊視為畏途，所以在遊覽車內少唱幾首，也應該算是一種公德心吧！

　　不論你唱的是不是聲樂，或者只是流行歌，唱歌都是一件很快樂的事。透過唱歌，我們內心的喜怒哀樂得以抒發，喜歡唱歌的人，在人生的道路上，一定充滿了歡樂！

水墨畫的境界

照相機拍攝出來的照片對照實景是很真實的，但毫無氣韻可言，水墨畫對照實景，其真實度低，但卻有氣韻之美！

歷代名家的水墨畫都有一種空靈的氣韻，這是西方的油畫和水彩畫所欠缺的，我曾經去參觀過奇美博物館，裡面全部都是西方名家所畫的油畫，說它優美、宏偉都可以，但就是缺乏一種空靈的氣韻！猶記得有一次我去台北故宮博物院，站在北宋畫家**范寬**那幅山水畫**谿山行旅圖**的前面，畫中高聳的山勢，大氣磅薄，震撼人心，但除了雄厚撼人的氣勢之外，也感受到一股空靈的氣韻。還有那一幅**清明上河圖**長卷（註 1），畫中描繪的是北宋時期汴梁的繁盛景象，雖然此圖內容豐富，場面複雜，也不是山水畫，而我依然覺得有一股水墨畫特有的

空靈氣韻飄然而來，使我駐足欣賞良久，不忍離去！

西畫的美只是一種「視覺的美」，但水墨畫的氣韻之美能直入你的內心深處。有不少人本來是學西畫的，後來強烈感受到水墨畫的氣韻之美而改學中國畫。和**郭雪湖**齊名的**林玉山**就是其中一位，他在日治時期曾到日本學西畫三年。有一次在東京參觀中國畫家和日本畫家合辦的中日美術展，對於水墨畫的空靈氣韻感受非常深刻，於是放棄西畫科，改習東洋畫科。

那麼是什麼因素形成水墨畫的空靈氣韻？

宋代**郭若虛**在他著作的《圖畫見聞志》論氣韻時說：「如其氣韻，必在生知，……人品既已高矣，氣韻不得不高。」意思是說：「氣韻是天生的，人品是後天的，可以修養得到，人品高了，氣韻自高。」也就是說一個人的品德高了，他的畫作境界自然也會跟著提高而有生動的氣韻。中國歷史上的大部分畫評家都是類似這樣的主張，他們高舉道德大旗，認為要提高繪畫的境界，要先「正己」，做一個有品德的君

子。

　　但現在的水墨畫家大都反對這種說法，他們認為道德是道德，藝術是藝術，兩者是不相關的。以蔡京（北宋的宰相）為例，蔡京是歷史上有名的貪官，但他的作品卻有很高的藝術境界。「真善美」三者之間，「善」和「美」沒有關聯，一位品格很善良的人，不見得繪畫的作品會很美；「真」和「美」也沒有關聯，照相機拍攝出來的照片對照實景是很真實的，但毫無氣韻可言。水墨畫對照實景，其真實度低，但卻有氣韻之美！

　　水墨畫的氣韻既然和人品無關，那麼和什麼有關？

　　南北朝時南齊**謝赫**在他的《古畫品錄》中列舉六法，其中提到「骨法用筆」，就是畫法上的鉤勒等筆法，以及運筆的輕、重、疾、徐，會造成線條的很多變化，山水畫中的皴法（就是在已成的輪廓上染擦線條或點），線條的變化就很多。功力強的畫家在運筆的過程中所畫出的線條自有一種風韻，因此線條是形成水墨畫

氣韻的因素之一。

　　而功力差的畫者為何畫出的線條毫無風韻可言？原因是犯了以下「三病」。《圖畫見聞志》指出：「畫有三病，皆係用筆。一曰板，二曰刻，三曰結。腕弱筆痴，平扁不圓謂之『板』；筆跡顯露妄生圭角謂之『刻』；欲行不行，當散不散，如物凝滯，不能流暢，謂之『結』。」運筆避開這三種毛病之後，線條才有風韻可言。

　　有一位水墨畫家曾經說：「我們內行的人，只要看你畫一小段線條，就知道你的水墨畫學了 5 年，10 年，還是 30 年？」有一次他的學生交來一張水墨畫作業，他光是看了畫中玫瑰的刺的線條，就知道畫者至少有 30 年的功力，所以不可能是學生自己畫的。後來這位學生坦承幫他畫這張作業的人，是一位 50 多歲的畫家。因此雖然線條是形成氣韻的一個因素，可是要運筆到能夠「隨意揮洒，以形寫神，風采飄然」的境界，卻需要累積幾十年的工夫。

　　除了線條之外，用墨也很重要，清代**沈宗**

騫在他的《芥舟學畫編》中說：「墨者縑素，籠統一片，是為死墨。濃淡分明，便是活潑。死墨無彩，活墨有光。天下之物，不外形色而已，既以筆取形，自當以墨取色。故畫之色，非丹鉛青絳之謂，乃在濃淡明晦之間，能得其道，則情態於此見，……**所謂氣韻生動者，實賴用墨得法，令光彩煥然也。**」大意是說：水墨畫的顏色，不一定要用紅、綠等顏色，即使只有黑墨，只要從濃墨到淡墨畫出很多種不同的層次（通常以五種來概括），則看起來就像是有色彩的畫。所以沈宗騫主張「用墨得法」，就會氣韻生動！

在水墨畫家的眼中「墨分五彩」，意即單一的墨色可以分出許多的濃淡來，從濃到淡有五個層次：焦墨、濃墨、重墨、淡墨、清墨。但依傳統的說法，這五彩則是指「濃、淡、乾、溼、焦」。不論哪一種說法，都是要求繪畫時，黑色要有豐富的變化，不可以只是一、兩種墨色。若能讓墨色五彩紛披，蒼潤秀逸，則氣韻自生！

在線條、用墨之外，水墨畫的「留白」也是生出氣韻的一個很重要的因素。曾經有一位水墨畫理論家這樣說：空即是色，因此留白不空，留白不白，這才是「留白」真正的意境所在。所以**齊白石畫蝦**，圖中的留白可以讓人感受到水的清澈；**徐悲鴻畫馬**，圖中的留白使人體會到風的速度；〈寒江獨釣雪〉的留白，則讓人覺得煙波浩渺，滿幅皆水。所以**「留白」是空曠無言的美，也是一種空谷幽蘭的禪心，使水墨畫不但有空靈的氣韻也顯出了禪味。**

在人類的三大高級文明——西方文明、印度文明和中國文明之中，大致來說，西方文明的本質是科學取向，印度文明是哲學取向，中國文明是藝術取向。為什麼說中國文明是藝術取向？君不見中國的傳統文學、音樂、舞蹈和繪畫等等都充滿了空靈的氣韻？這種氣韻並非水墨畫所獨有。請看蘇東坡這首〈水調歌頭〉：

明月幾時有，把酒問青天，不知天上宮闕，今夕是何年？我欲乘風歸去，唯恐瓊樓玉

宇，高處不勝寒。起舞弄清影，何似在人
間……

整首詞充滿了空靈的氣韻，不知有哪首英
詩，也能有這樣的韻味？很多唐詩、宋詞的感
動力都是勝過英詩的（請上網 google《蔣勳談
生活裡的唐詩》）。甚至連《心經》都充滿了空
靈的氣韻！很多人喜歡誦讀**心經**，其實並不了
解內容，只是因為喜歡《心經》的詞句散發出
來的一種空靈的氣韻！專家認為西洋古典音樂
是最高級的音樂形式，但是**藝術最重要的是在
於有沒有感動力！**而不是豪華和排場。一曲
〈雙泉映月〉的二胡獨奏，其空靈幽怨的感動
力可能勝過百人樂隊演奏的西洋古典音樂！

科學雖然很有用，但卻不是萬能，**在哲學
和藝術的範疇，科學是無用武之地的**，甚至是
一種妨礙。就哲學來說，六祖慧能這首偈：

菩提本無樹，明鏡亦非台，本來無一物，
何事惹塵埃？

　　如果用科學來分析，一定無法理解為什麼菩提樹不是樹？鏡台不是台？明明有山川大地，為什麼「本來無一物」？這個偈只有高度的智慧才能領悟！

　　如果將號稱西方哲學之王的康德的代表作《純粹理性批判》拿來和印度的大乘佛學《**唯識論**》相比，就可看出前者只不過形同戲論，而後者卻充滿了生命的智慧，兩者相比簡直是小巫見大巫！可見西方雖然科學發達，但哲學不見得就比較高明。

　　同樣地，西方藝術的「高度」其實也是很有疑問的。西方的畫家在繪畫時，由於其「科學的文化習慣」作祟，喜歡採用「透視法」（很科學！），也重視光影的變化，這樣畫出來的畫當然很接近實景，也就是形似。**正因為形似，韻味就失去了！**因此奇美博物館中數十幅追求形似的西方古典派油畫作品，只有視覺上的美感，但卻欠缺感動力！**蘇東坡**說：「繪畫以形似，見與兒童鄰。」意思是說：如果繪畫只是要將形體畫得很像，這樣的見解和兒童的層次

差不多。

西方一直要等到 19 世紀接觸了東方繪畫，受到激盪而產生**印象派**之後，才知道應捨棄形似，要注重情感的抒發。印象派大師**梵谷** 1889 年的繪畫作品〈星夜〉，畫中捲動的星空，表現的是梵谷心中激動的情感。〈星夜〉是有其韻味，當然這種韻味和水墨畫的空靈韻味大不相同。印象派是在 19 世紀才出現，而宋代的寫意水墨畫卻早在 11 世紀就有了，比西方的印象派足足早了七百年！也可以從「詩中有畫，畫中有詩」的唐代詩人兼畫家**王維**算起，因為他的水墨畫創造出抒情的意境，也是只求神韻，不求形似。若是從王維算起，更是比西方的印象派早了一千年！

我們觀察中國畫的歷史，從中國繪畫史上第一位有名的大畫家——東晉的**顧愷之**算起，一直到把水墨畫推上空前頂峰的元代四大家——**黃公望、王蒙、吳鎮、倪瓚**為止，總共經過了大約一千年。這期間不斷地傳承，累積技法，例如黃公望的技法就是師法五代的**董源**和

釋巨然，但他自己也有創新。董源善於畫山水，其山水畫有水墨畫和青綠山水兩種，他的青綠山水是師法唐朝的**李思訓**，李思訓則開展了隋朝**展子虔**的青綠山水。於是就這樣由歷代的畫家不斷地師法前人，並開創新的技法，經過千年的慢慢演變，水墨畫動人的空靈氣韻也就越來越濃郁了！

山水畫到了元朝，大量文人加入創作，因而提高了繪畫的意境，解脫了形象的追求，山水不再是自然客觀的山水，山水變成他們內心的獨白。元代四大家之一的倪瓚說：「余畫竹，聊以寫胸中之逸氣耳。」由這句話我們就可以理解，為何元代山水畫的成就能登上空前的頂峰？因為一幅畫能抒發畫者的情感，才會有最強的感動力，而感動力的強弱，決定了這幅畫的價值！

元代山水畫的意境和技法既然已登上頂峰，明代的山水畫也就很難超越前人，只能開仿古的畫風。但藝術的生命力是在於創新，若無新意，則韻味漸失，因此山水畫到明清逐漸

衰落。不過明清也有少數畫家執意創新，例如**徐渭**，他創立了「大寫意畫法」，其花鳥畫筆墨狂放，淋漓盡致，比起元代畫家的「逸筆」，更具有一種動力感和野拙的生機！清代的**八大山人、石濤、揚州八怪、齊白石**等人都受到他很大的影響。

現在有一些水墨畫家的作品，都在嘗試融入西方水彩畫的技巧。本來水墨畫的空靈氣韻和水彩畫的優美亮麗這兩種氣質是衝突的，以致有不少畫家在進行這樣的「融合」繪畫時，只見亮麗，卻不見空靈的氣韻，也就是東方的風格不見了！但有些水墨畫家，確實也曾經創作出兼有水墨畫的空靈氣韻和水彩畫的優美亮麗的作品。相信融入水彩技巧，將是未來水墨畫的一條新路！

註 1：本書封底的畫面是這幅長卷的一部分，此長卷的名稱是〈清院本清明上河圖〉。

談旅行

孔子遊歷諸國回來之後，修五經、作春秋；叔本華遊歷英、法等國之後，寫出哲學名作《意志與觀念的世界》；孫中山先生遊歷美、日等國之後，興起革命之志。古今多少豪傑之士皆因旅遊而增長其見識，開展其智慧。

根據調查，十個人裡面有八個是喜歡旅行的，剩下兩個不喜歡旅行的人，原因都是因為旅行要開銷一大筆錢。如果旅行不必負擔費用，則人人都喜歡旅行。

我有一位同事，非常喜愛旅行，每年必定出國旅行三、四次以上。二十幾年下來，已經遊遍了歐、亞、美、非、澳五大洲八十餘國，除了南極洲之外，其他各洲她幾乎都已經走透透了。

至於旅行費用，據她表示總共已經花去了

四百多萬。

「全世界幾乎已經走遍的妳，還要再繼續旅行下去嗎？」我問。

「這還用說嗎？」她興沖沖地說：

「其實我還沒有走遍全世界，像非洲剛果的熱帶雨林，太平洋的復活島，南極洲的企鵝，我都還沒有去看過呢！我一定要走遍全世界！」

我實在很佩服她的「全世界走透透」志向，不過要有這種志向，顯然必須要有相當的「配套」。例如要有錢，還要有一個修養很好的另一半。修養很好是指當妻子第五年提出第二十次的出國旅行計畫時，還能按捺住內心的憤怒而不發作的那種丈夫。

記得有一次，我和她參加同一個旅行團出國旅遊，經過瑞士時，那如詩如畫般的阿爾卑斯山美景呈現在眼前。在車上的我們乍然看到這樣的景色，都不禁驚呼起來，卻只見她安適地躺在座椅上，睡得正香甜呢！然而一下車之後，她的精神就來了，仔細掃描路邊商販的貨

品，然後比畫著手勢殺價。集合的時間一到，她總能抱著一大堆的東西上車。

當我們到達巴黎時，大家都迫不及待地要去逛街，因為那些古色古香的房屋看起來是多麼典雅呀！每間房屋牆壁上的人像雕刻都不一樣，變化萬千。整條街找不到一塊像台北那種凌亂的店招，因此看起來非常和諧並散發著古典的氣息。正當我一面散步一面讚嘆時，只見她匆匆地走進一家百貨公司，原來她又採購去了。

我不禁懷疑起她的旅行所為何來？

旅行回來後，她得意地拿出八本相簿，將近一千張的相片讓同事們欣賞。每一張風景照片都有她的倩影，這些照片沒有遺漏掉任何一處名勝古蹟。

天啊！我的內心不禁為她花掉的那筆鉅款叫屈，因為她的旅行就是拍照和採購，很少還有別的！但是看到她滿足的笑容，我還能說什麼呢？也許每個人都有不同的價值觀吧？旅行能夠盡興就好了，我又何必以自己的標準去衡

量別人？

　聽說她平常不旅行的日子，在家也是待不住的，必定硬拉著她的先生，在熱鬧的市區中逛來逛去，非要逛到店家都關門了才肯回去。

　可見她本來就是怕寂寞的那種人！有一種人天生是很怕寂寞的，喜歡往人群多的地方鑽。有一些年輕人，一天到晚都和狐群狗黨混在一起，就屬於這一種人。有些人不僅怕寂寞，還怕生活單調，就像吉普賽人那樣。據說吉普賽人住在同一個地方不會超過一個月以上，因為他們無法忍受住在固定的居所所帶來的沉悶感覺，因此到處流浪。

　我們這位喜歡到處旅行的同事，說穿了只是她體內的一種「吉普賽因子」在驅策著她，使他在家裡待不住而已。

　古人說：「行萬里路勝讀萬卷書。」人類各族群之中，「行路」最多的莫過於吉普賽人，在他們的一生當中，到處遷移從未停歇過。吉普賽人一生當中旅行過的路程何止幾萬里，不過怎麼至今都未出現過一位思想家或哲學家呢？

我們這位花去四百多萬元的「旅行家」同事，為什麼講起話來，也沒有比其他同事更有見識呢？她不是早已行過萬里路了嗎？我不禁對「行萬里路勝讀萬卷書」這句話，深深地感到懷疑了。

　　不過確實也有一些人到各國遊歷歸來之後，見識和智慧都提高了。孔子遊歷諸國回來之後，修五經、作春秋；叔本華遊歷英、法等國之後，寫出哲學名作《意志與觀念的世界》；孫中山先生遊歷美、日等國之後，興起革命之志。這種例子不勝枚舉，古今多少豪傑之士皆因旅遊而增長其見識，開展其智慧，進而對國家社會有所貢獻。

　　那麼旅行能否增長一個人的見識和智慧，關鍵在那裡呢？就是人文的關懷！如果像我那位同事那樣，只是將旅行當作一種解悶，或者僅僅為了拍照和採購，那麼不要說一萬里，就是旅行千萬里，也不能提升性靈增長智慧！

　　除了上述這種「拍照採購旅行」膚淺而不足論之外，以欣賞大自然美景為目的的旅行，

所能提升的性靈其實也很有限。更何況要論「大自然美景」，台灣大都已經具備，又何須遠赴外國？君不見，玉山和大霸尖山挺立於雲霄之中的雄奇之姿？君不見，日月潭水波盈盈，獨擅湖光山水之勝？此外，墾丁的珊瑚礁、熱帶林，和海天一色的港灣風情，阿里山的千年神木和雲海，太魯閣的千仞峽谷。台灣有太多這一類的優美景點，絕不會比大多數的外國景點遜色。

有人會說，可是台灣並沒有像尼加拉這樣的大瀑布呀！也沒有桂林那樣的山水奇景，更不用談阿拉斯加的雄偉冰山，和一望無際的撒哈拉沙漠！固然站在這些令人震撼的美景之前，讓我們覺得，在大自然之前人是何其渺小，因而開闊了我們的心胸。然而若要提升我們的思想深度，旅行時只欣賞美景是不夠的，尚須有一種人文的關懷。

當人們旅行到德國海德堡時，很少有人注意到那裡就是大哲學家康德的故居。那裡有一條不起眼的小路，就是康德平時散步的地方，

他的名作《純粹理性批判》，就是每天在這條小路邊散步邊沉思寫出來的。旅行到這裡時，也應該到那條小路走一走，感受一下當年康得在這裡散步的情景，並去了解《純粹理性批判》這本書在說些什麼？旅行到希臘時，應該去探望蘇格拉底和柏拉圖的故居，並從導遊手冊中了解一下，這些大哲學家的一些行誼。

這就是旅行時的人文關懷。固然有些旅行者對於導遊所做的文化方面的解說感覺枯燥無味，但有些人則表現出盎然的興趣。當然只有後者才能在性靈方面有所獲益。

杭州西湖的景色其實並不如日月潭，可是其名氣為什麼勝過日月潭？就是因為西湖有一種「人文的靈氣」，它的樓台亭閣到處都有歷代詩人墨客留下的詩詞。試想一面欣賞西湖美景，一面站在樓閣邊，吟哦千百年來詩人在柱子上所寫的詩詞，所引起的內心共鳴，將是如何地使人難忘！對一個情感豐富的人來說，這樣的美感經驗，比欣賞單純的自然美景更要勝過十倍！

要營造自然的美景容易，反正山林湖泊早就在那裡，只要再建幾條道路及步道就是一個風景區了。但要營造一個深具「人文靈氣」之美的名勝就不簡單了，像西湖，經歷千年來詩人墨客的造訪，才成就今日「人文的西湖」。像巴黎，如不是藝術家四百年來不斷地創作精美的藝術品，成立羅浮宮等藝術寶庫，怎麼會有今日的巴黎？

一個只是欣賞自然美景，而欠缺人文關懷的旅行，將不會有深刻的感動。如果只是為了欣賞美景，那麼看看雜誌上的精美風景照片也就夠了，而且實地看到的景色，往往還不如雜誌上的照片，因為攝影家懂得運用最美的角度去取景。

只有欣賞當地的人文和文化，才需要去旅行，因為「人文的感動」只有臨場感才能達成。透過雜誌想了解某地的風土人情，不啻是隔靴搔癢。想知道「鹽水蜂炮」瘋狂到什麼程度，你就必須在元宵節時到鹽水一行，自然就有深刻的感受；想知道「三峽祖師廟」有多精

美，你必須在有人導覽之下，親往祖師廟參觀，才會嘆為觀止。這些人文的感動，從書中所能體會到的絕對不到十之一、二。

　　旅行的季節性和時間因素很重要。即使墾丁是如此地好玩，但在落山風大作的季節去墾丁，一定會敗興而歸；澎湖的藍天碧海是多麼開闊我們的心胸，但選在東北季風很強的時節去澎湖，只有受罪。甚至在一天之中的不同時間去遊覽，感受都會完全不同。就以嘉義的仁義潭來說，黃昏時，在潭邊那條直堤大道上散步，這時涼風送爽，四周景色極為開闊，可以一直看到天際的地平線，潭面水波不興，藍色的天空飄著幾片孩子們放的風箏，西邊的天空則有大片被夕陽染紅的浮雲，這一切是多麼詩情畫意呀！但是如果太早去，在下午二、三點時去仁義潭就完全不一樣了，太陽照射到水泥地上的熱氣，把人蒸得汗流浹背，保證一切的遊興頓時被曬得消失無蹤！

　　此外，旅行時還需要有講話投機的伴侶。一個人孤獨旅行，看到令人感動的景物，卻沒

有人可以分享，這是很大的遺憾；但是和話不投機的伴侶旅行，你講的話他都不同意，這卻是更大的遺憾。**如何找到「靈犀一點通」的旅伴，其實和選擇景點一樣重要。**當你只打了一個手勢，他就立刻明白你的意思，並露出理解的笑容，就像「釋迦講道時，只出示一朵花，迦葉尊者立刻露出微笑」那樣，有這種心靈相通的旅伴，可以使旅行加倍的快樂。反過來說，如果旅伴處處和你意見相左，那麼景點再美麗，快樂的旅行也會變得很鬱卒！

國家圖書館出版品預行編目資料

優雅台文與心經　兩種極致之美／蕭義崧著. --
初版. --臺中市：白象文化，2018.9
　　面；　公分
ISBN 978-986-358-702-6（平裝）

863.55　　　　　　　　　　107010837

優雅台文與心經　兩種極致之美

作　　者　蕭義崧
校　　對　林金郎
專案主編　黃麗穎
出版編印　徐錦淳、林榮威、吳適意、林孟侃、陳逸儒、黃麗穎
設計創意　張禮南、何佳諠
經銷推廣　李莉吟、莊博亞、劉育姍、李如玉
經紀企劃　張輝潭、洪怡欣
營運管理　黃姿虹、林金郎、曾千熏
發 行 人　張輝潭
出版發行　白象文化事業有限公司
　　　　　402台中市南區美村路二段392號
　　　　　出版、購書專線：（04）2265-2939
　　　　　傳真：（04）2265-1171
印　　刷　基盛印刷工場
初版一刷　2018 年 9 月
定　　價　320 元
特　　價　280 元

孩子們，人類都說出書好難，
我們**飆去**給他們看看什麼叫難……

想出書？找白象！

www.ElephantWhite.com.tw Since 2004